Curt Hohoff · Venus im September

Curt Hohoff

Venus im September

Roman

Limes Verlag

Alle Rechte vorbehalten
© Limes Verlag Niedermayer und Schlüter GmbH, Wiesbaden
und München, 1984
Druck: Jos. C. Huber KG, Dießen
Binden: R. Oldenbourg, München
Umschlag: Werner Rebhuhn, Hamburg
ISBN 3-8090-2218-7
Printed in Germany

1

Seit einigen Tagen hatten die nicht sehr zahlreichen Gäste des Hotels President einen neuen Zeitvertreib. Sie sahen zwei Schiffen entgegen, die allabendlich vom offenen Meer auf den Hafen der Marina zusteuerten. Es war die Stunde vor dem großen Abendessen. Auf einem Balkon saß ein älterer Herr und las die Zeitung, während seine Frau an den Okularen eines Fernglases drehte und dieses auf die herankommenden Schiffe richtete. Sie haben schwer geladen, sagte sie, ob wir hinuntergehen und zuschauen?

Der Mann ließ sich bei der Lektüre seiner Zeitung nicht stören; er blickte nicht einmal auf, als er erwiderte: Wenn du Lust hast, geh voraus. Zum Essen komme ich nach.

Die Frau, eine zierliche, nicht schlanke Person mit braunem Haar, das vor den Ohren in sorgfältig gedrehte Locken frisiert war, blieb sitzen und beobachtete die Szene weiterhin durch ihr Glas.

Die Badesaison war vorbei, deshalb war der Strand mit den vielen hundert Sonnenschirmen so gut wie leer. Ein paar Jugendliche trieben ihr Spiel mit Bällen. Um so lebhafter war das Leben am Hafen, wo Motorboote und Segelschiffe lagen. An dem dafür freigehaltenen Kai legten jetzt die Schiffe an, das größere ein Lastkahn, das kleine ein Motorschiff mit technischen Aufbauten. Die Nachricht, daß man im Adriatischen

Meer, nicht weit von Marina di Ravenna, antike Statuen gefunden habe, wahrscheinlich die Ladung eines vor zweitausend Jahren untergegangenen Schiffes, war durch die Weltpresse gegangen. Aber es ist ein Unterschied, ob der Deutsche solch eine Nachricht beim Morgenkaffee in der Zeitung liest, oder ob er am Strand von Ravenna tagtäglich den Erfolg der Bergungsarbeiten verfolgen kann, ob er sich zum Zeugen des Ereignisses macht, ohne fachliche Neugier sei es als Techniker, sei es als Archäologe oder Historiker. Das Los zweitausend Jahre alter Statuen aus Marmor und Erz auf dem Grunde des Adriatischen Meers ist dunkel. Erst durch ihr Aufgefundenwerden, durch das Auftauchen, durch Bergung und Reinigung gewinnen die Statuen der Götter und Göttinnen eine neue Wirkung: als Kunstwerk.

So wie man erst durch die Aufregung eines Tagfalters, wenn er bei starkem Wind Zuflucht an einer Fensterscheibe sucht, auf ihn aufmerksam wird und die braunen und violetten Tönungen seiner Flügel entdeckt, obwohl man sie den ganzen Sommer vor Augen hatte, bereitete das Auftauchen der verstümmelten Götterstatuen den Gästen der Marina Gelegenheit, ihre Meinungen darüber auszutauschen.

Es war nicht so sehr das Interesse an den Gegenständen, die mit dem Kran des Bootes an Land gebracht wurden, das die Frau fesselte, sondern die Ansammlung da unten, diese Gesellschaft an der Marina.

Als ob es ihr peinlich wäre, mit dem Fernglas eine Szene zu beobachten, die sich kaum eine halbe Minute entfernt abspielte, legte sie das Glas auf den Tisch, stand auf, ging in ihr Zimmer, und kurz darauf sah man sie an der Hafenmauer, wo sie von einem Mann begrüßt wurde.

Hat es etwas Besonderes gegeben? fragte sie ihn.

Und ob, sagte er und wies auf den Torso einer Statue hin, den verstümmelten Körper einer Frau, der von dem Kran auf die mit Stroh gepolsterte Ladefläche eines Wagens gehoben wurde: Es ist ein Stück aus der klassischen Zeit, man erkennt es an dem Marmor und der Art, wie das Gewand durchsichtig auf dem Körper liegt.

Und wer ist es? fragte sie.

Es ist die Figur einer Göttin. Das ergibt sich aus dem Ensemble. Es müssen Teile eines Frieses sein.

Eine Venus? fragte sie.

Er lachte: Wir sind versucht, alle schönen Frauenstatuen für Bilder der Aphrodite, der Liebesgöttin, zu halten. Aber es kann genausogut Hera sein. Die antiken Götter waren alterslos. Er lächelte sie an: Dottore Grassi meint, wir könnten die Statue in den nächsten Tagen, wenn Tang, Muscheln und die verkrusteten Salze abgewaschen sind, genauer betrachten. Er wird noch viele Tage mit der Bestandsaufnahme des Fundes zu tun haben.

Inzwischen hatte sich das Personal der Bergung, Taucher und Matrosen, umgezogen und kam aus der Kajüte an Land. Die Ausbeute des Tages bestand aus Fragmenten größerer und kleinerer Art, und außer dem Frauenkörper schien eine Art Säulchen die Einbildungskraft der Fachleute anzuziehen.

Ist es was Besonderes? fragte die Frau.

Nein, nichts Besonderes. Es handelt sich um eine bei vielen Statuen übliche Stütze für die Figur, damit sie besser steht. Man weiß, daß diese Säulchen neben ihrer technischen Funktion eine symbolische Bedeutung hatten.

Ein Idol sozusagen?

Ganz richtig, bei Göttinnen sind es Eroten. Sie geben einen Hinweis auf den Charakter der dargestellten Figur. Sie sind natürlich kein Fetisch.

Inzwischen war das Schiff ausgeladen; der Tieflader fuhr ab. Wenn es Ihnen Spaß macht, gnädige Frau, sagte der Mann, können wir uns nach Ihrem Abendessen noch ein wenig unterhalten.

Sie bleiben hier?

Wenn Sie es wünschen, antwortete er verlegen. In der Stadt ist es heiß, hier an der Marina ist der Abend angenehm, und nachher ergeht sich alles auf dem Corso.

Sehr gern, sagte sie, mein Mann wird sich freuen, Ihre Bekanntschaft zu machen.

2

Der Speiseraum des Hotels war kaum zur Hälfte besetzt. Nur etwa dreißig Personen, ältere Ehepaare und einzelne Damen, saßen an kleinen Tischen und warteten auf das für sieben Uhr angesetzte Abendessen. Es war noch nicht ganz soweit, darum wandten sich aller Augen einer vom Chef des Hauses begrüßten Gesellschaft zu. Es waren neue Gäste, die zu ihrem Tisch geführt wurden und dermaßen laut waren, daß der Herr zu seiner Frau sagte: Landsleute, wenn ich mich nicht täusche, und zwar in ganz speziellem Sinn Deutsche. Sie müssen alle Blicke auf sich ziehen.

Tatsächlich war das Benehmen des einen der beiden neuen Paare ziemlich peinlich. Nachdem er einen raschen Blick durch den Saal geworfen hatte, schoß der eine der Herren auf zwei Damen los, begrüßte sie mit lautem Zuruf und stellte sie dem anderen Paar als seine Bekannten vom vorigen Jahr vor. Man habe sich hier, im Hotel President, kennengelernt, und werde auch diesmal, nach gehöriger Untersuchung des Terrains, Schwung in die Bude zu bringen wissen.

Die angesprochenen Damen, fünfzigjährig, hochbusig, sorgfältig angezogen, konnten ihre Erinnerung nicht verleugnen, schienen aber nicht sehr glücklich über die Wiederauffrischung zu sein. Als der Neuankömmling vorschlug, sich am gleichen Tisch niederzulassen, mischte sich der Chef des Hauses ein und wies ebenso höflich wie bestimmt darauf hin, daß für die neuen Gäste drüben, in der nächsten Reihe, der Tisch gedeckt sei. Er las eine Metallnummer auf dem Tisch und sagte: Ihr Platz ist hier!

Die Frau gab dem Mann einen Stoß. Er ging zu seinem Platz, bemängelte aber mit lauter Stimme, die Aussicht auf das Meer sei nur soso.

Die Norddeutschen, wiederholte der Herr, haben immer Sonderwünsche.

Du lieber Gott, sagte sie leichthin, sie sind nervös. Wer ist das nicht in einem fremden Hotel? Auch ich bin eine Norddeutsche.

Er blickte erstaunt auf: Verzeih, ich wollte dich nicht kränken. Du weißt, wie sehr ich dich liebe. Im übrigen bist du aus der Mark. Die Länder und Stämme sind ältere Gefüge als unsere politischen Begriffe.

Es schien, daß diese Worte ihr wohltaten, wenn sie auch nicht viel bedeuteten. Er weiß es so zu drehen, dachte sie, daß eine Kränkung zum Kompliment wird. Dann sagte sie: Ich hoffe, daß es uns gefällt. Man weiß freilich nie, in welche Gesellschaft man gerät. Du wolltest diesmal mit mir allein sein; da mußt du schon Rücksicht auf meine Gefühle nehmen.

Es läßt sich nicht vermeiden, daß einem lästige Leute über den Weg laufen. Ich habe nichts gegen Norddeutsche – sonst hätte ich dich nicht geheiratet. Ich bin entzückt von dir, Lisa, das weißt du, und zwar um so mehr, je mehr ich dich kennenlerne. Das dauert nun schon zwei Jahrzehnte.

Sie zuckte die Achseln und las die Speisekarte. Die war italienisch und französisch gedruckt, so daß man, wenn man die italienischen Bezeichnungen nicht verstand, eine Stütze an der internationalen Hotel- und Küchensprache fand.

Der Neuankömmling wollte wissen, was Ravioli Caruso seien. Der Kellner suchte es zu erklären, benutzte Begriffe wie Bandnudeln, Makkaroni, was den Neuling aber reizte, »die ewige Spaghettifresserei« zu schmähen, als handle es sich um ein Laster. Er verlangte eine Suppe. Der Kellner blieb höflich und sagte: Sie können ein Consommé haben.

Consommé, Consommé, schnauzte der Neue: Eine Brühe in der Tasse ohne Fleisch? Nein; wir nehmen Grapefruit Juice.

Der Kellner nickte, denn Grapefruit war als Vorspeise auf der Karte, und ging an den nächsten Tisch.

Da sind wir nun in einem Hotel mit ausgezeichneter italienischer Küche, und dieser Mensch weiß nichts Besseres als Grapefruit zu bestellen! sagte die Frau.

Ich sage ja, die Deutschen!

Wir brauchen uns nicht mit ihnen einzulassen, Georg, sagte sie. Ich habe an der Mole einen Archäologen kennengelernt, der was von diesen Dingen versteht. Er hat mir angeboten, uns die Funde zu erklären. Wir werden ihn nach dem Essen treffen können.

Schon wieder eine Bekanntschaft, brummte er; eben hast du mir erklärt, wir wollten allein sein!

Unter diesen Worten kamen die als Forellen bezeichneten Fische. Wie der Fremde sich oft in den Bezeichnungen täuscht, hatten unsere Reisenden Bachforellen erwartet, es wurde jedoch auf einer silbernen Platte eine wohl zwei Kilo schwere Seeforelle herangebracht und vom Kellner tranchiert. Dazu gab es Salzkartoffeln und Mayonnaise. Der Fisch, erwies sich, schmeckte vorzüglich und gehörte, wie der Kellner der Dame erklärte, zur Gattung der Salme, war also, nach deutschen Begriffen, ein Lachs.

Unglücklicherweise hatte ihr Mann nicht den Fisch bestellt, sondern ein Schnitzel mit Artischocken. Er hatte eine tiefverwurzelte Abneigung gegen Fisch. Als er aber sah, wie schön die Riesenforelle auf dem Teller seiner Frau lag, bemerkte er: Die hätte ich auch versuchen sollen.

Sie hob lächelnd den Blick, und sagte: Wollen wir tauschen? Ich esse genauso gern das Schnitzel wie den Fisch.

Nein, nein, sagte er, so war es nicht gemeint. Man merkte jedoch, daß er den Fisch lieber als das Kalbsschnitzel gegessen hätte.

Man trank einen Tocai aus Friaul, den die Frau ausgesucht hatte, und sprach nebenher dem Mineralwasser zu, das in Italien stets frisch und wohlschmeckend ist.

Nach dem Hauptgericht gab es Käse, Süßspeisen, Obst und Eis in Variationen: Das Abendessen, darin waren sich die Gäste des President einig, und darin stimmten schließlich alle ein, sei der Höhepunkt des Tages, oder, wie einer der Neuankömmlinge laut verkündete, ein gastronomisches Pontifikalamt.

3

Der Deutsche am Strand hatte sich von seinem italienischen Kollegen verabschiedet. Sein Fachgebiet war nicht antike, sondern christliche Archäologie. Das schloß nicht aus, daß er sich im Fall der Bergung der Fundstücke mit den Italienern des archäologischen Instituts in Verbindung gesetzt hatte. Also bis morgen, sagte er zu dem italienischen Beamten, ich glaube, da kommt noch einiges zum Vorschein.

Wir wollen es hoffen, Dottore Pöring.

Der Italiener hatte Mühe, den für ihn schwierigen Namen auszusprechen. Es gelang ihm mit ironischem Vergnügen an der Fremdartigkeit der Laute. Nachdem er sich eine Zigarette angezündet hatte, ging er zu seinem Wagen.

Pöring kam sich in dem ungebügelten und verschwitzten Sommeranzug als nicht richtig gekleidet für den Umgang mit Gästen des Hotels President vor. Das Leder seiner Sportschuhe war stumpf und sandig. Er ging durch die Reihen der Strandschirme zu einem Kiosk, entnahm dessen Korb eine Serviette und rieb die Schuhe, bis sie glänzten. Er trank einen Kaffee und aß eine Brioche. Der Kaffee weckte seine Lebensgeister. Er freute sich auf die Begegnung mit dem Paar. Bin neugierig auf den Mann, dachte er, *sie* scheint ziemlich selbständig zu sein, nette Person. – Er ging zu seinem Wagen, nahm eine aufgeschlagene Zeitung vom Sitz und begann zu lesen. Es war der lokale Gazettino mit einem Bericht über die Bergung und einigen Bildern. Auf dem einen war Pöring zu sehen, und darunter stand: »Ein in Ravenna lebender deutscher Gelehrter nimmt leidenschaftlich Anteil (appassionato) am Ergebnis der Bergung.« Pöring mußte lachen: Der Verfasser weiß über die Bergung so gut Bescheid wie ich auf dem Mond. Er sah auf die Uhr. Gegen acht ging das Essen im Hotel zu Ende. Er beschloß, auf der Ladenstraße zu warten. Eben leuchteten die ersten Lichter des touristischen Paradieses auf.

Das Meer lag im Schein der tiefstehenden Sonne und spiegelte metallisch. Die Bohrtürme in der Ferne waren noch zu erkennen. Es war die blaue Stunde. All das blieb hinter Pöring, während er auf die Hauptstraße zuging. Als er sie erreicht hatte, überwogen Leuchtreklamen, erleuchtete Läden, Hotelterrassen, Cafés und Spielbetriebe.

Tagsüber war die Straße ruhig, jetzt aber schienen sämtliche Jugendlichen der Umgebung ihre Mofas und Wagen vorführen zu wollen; sie rasten mit Höchstgeschwindigkeit in beiden Richtungen durch die Straße und machten sie zu einem lauten Boulevard. Wären nicht alle paar hundert Meter mit Semaforen bestückte Übergänge dagewesen, hätte der Betrieb die Seiten der Straße getrennt wie ein rasendes Band.

An einem dieser Übergänge, als das Zeichen auf Gelb sprang, sah Pöring das Ehepaar. Er ging über die Straße, und bevor er hatte wechseln können, sprang das Signal wieder um. Er ging nun parallel weiter und konnte das Paar beobachten. Der Mann ging voraus und ließ sich hin und wieder von einer Auslage festhalten. Die

Frau überholte ihn und blieb vor einem Laden mit Schmuck oder Schuhen stehen. Sonderbar, dachte Pöring. Sie gehen für sich allein.

Während der Mann langsam ging, die Hände auf dem Rücken, gravitätisch wie ein im Käfig steifgewordener Löwe, bewegte sich die Frau leichtfüßig mit kleinen Schritten. Dabei veränderte sich ihr Körper, als folge er einem inneren Gesetz, einmal schmiegsam, einmal herausfordernd. Sie hatte schöne Beine und kräftige Schenkel, und es kam Pöring so vor, als habe sie bemerkt, daß er sie beobachtete. In ihr war etwas lebendig Sinnliches, das aber versteckt blieb. Das Gesicht war, im Gegensatz zu dem anmutigen Körper, durch ein fast trauriges Aussehen wie verschleiert.

Der Verkehr auf der Hauptstraße nahm von Minute zu Minute zu. Die Jagd der Wagen erhielt ein besonders gefährliches Element durch Burschen mit Fahrrädern, auf deren Gepäckträgern die Freundinnen standen.

Beim nächsten Übergang, nach zwei Minuten, kam Pöring zur Grünphase und ging hinüber. Er wartete, bis der Mann hinter seiner Frau vorbeigegangen war und sie in ein Fenster mit Glasfiguren und Bechern aus Murano blickte. Er sagte: Da bin ich, gnädige Frau –! Sie drehte sich um, als sei sie akustisch erschrocken, faßte sich jedoch und sagte: Ach, Sie sind es! Da vorn ist mein Mann! Sie machte aber keine Miene, weiterzugehen. Der Verkehrslärm war so groß, daß man kaum miteinander sprechen konnte. Da soll man sich erholen! rief sie und mußte lachen.

Man erholt sich trotzdem, sagte er, die Italiener stört kein Lärm, das heißt, sie wissen nicht oder können sich nicht vorstellen, daß wir darunter leiden. Sie sind ein

Volk des öffentlichen Lebens, und nichts ist ihnen unangenehmer als nordische Stille. Die erscheint ihnen unheimlich, womit sie recht haben.

Dafür hat man hier gutes Wetter, sagte sie und warf ihm einen Blick zu, von dem er nicht wußte, ob er etwas zu bedeuten hätte. Sie waren langsam weitergegangen, und als sich ihr Mann umdrehte, um nach seiner Frau zu sehen, sagte sie: Dies ist der deutsche Herr, der Archäologe. Ich weiß nicht einmal Ihren Namen!?

Pöring verbeugte sich und nannte seinen Namen, worauf der Mann den seinen, Lippert, nannte. Pöring verstand ihn nicht gleich. Er sagte: Ich bin nicht Archäologe, die gnädige Frau schmeichelt mir damit, ich bin ein Kunsthistoriker.

Meine Frau interessiert sich für die aus dem Meer gefischten Gegenstände. Ich bin eher technisch interessiert. Wie ist man auf das Schiff gestoßen?

Nicht das Schiff – nur seine Ladung hat man gefunden. Aber Sie haben recht, Herr Lippert, das Schiff muß natürlich dagewesen sein. Seine Planken sind im Lauf der Jahrhunderte verfault, während sich die steinerne Ladung erhalten hat. Es muß übrigens, bevor das Schiff auseinanderbrach, toll hergegangen sein, denn wenn man nicht annehmen will, daß die Ladung aus Bruchstücken bestanden hat, was freilich auch möglich wäre, sind die Statuen beim Brechen und Kentern des Schiffes entzweigegangen.

Und wie hat man sie gefunden?

Wie alles, was hier gefunden wird, durch Zufall. Fischer waren mit ihrem Netz am Arm einer Figur hängengeblieben. Wo ein Frauenarm ist, muß auch ein Körper sein, und so war es.

16

Lippert hatte die Anzüglichkeit nicht bemerkt, wohl aber seine Frau, die jetzt, soweit es der Verkehr zuließ, zwischen den Männern ging und Pöring belustigt ansah. Für einen Augenblick fiel ihr das Blitzen seiner blauen Augen auf.

Und Sie leben allein hier, Herr Pöring?

Allein natürlich, wie es sich für einen Mann der Wissenschaft gehört.

Aber doch nicht hier? Sie haben einen Wagen!?

Ganz richtig. Ich wohne in Ravenna, wo ich zu tun habe, und nachmittags, nach der Siesta, die für mich die beste Arbeitszeit ist, fahre ich ans Meer.

Wenn Sie das »allein« nennen, sagte Lippert.

Der Corso gehört zum italienischen Leben, sagte Pöring. Da sollten Sie einmal im August hier sein, wenn die Hochsaison beginnt! Bis Mitte September geht es zu wie in Venedig, Meran oder Rom.

Dann haben Sie also nicht unmittelbar mit der Bergung zu tun?

Durchaus nicht, jedenfalls nicht beruflich. Ich kenne jedoch die Herren vom zuständigen Büro. Die Italiener sind groß im Errichten von Behörden, und da diese Behörde ein enormes Feld betreut, von der neuerdings entdeckten Vorgeschichte über römische Altertümer und frühchristliche Kirchen bis zu den mittelalterlichen Festungen und den Palais des siebzehnten Jahrhunderts, habe ich mit ihnen zu tun.

Was ist Ihr Gebiet?

Mein Fach sind die Mosaiken; man weiß alles oder glaubt es zu wissen, es gibt immer neue Probleme.

Dürfen wir unsere freilich gar nicht fachliche Neugier bei Ihnen befriedigen? sagte die Frau.

17

Mit Vergnügen! Man kann ja nicht von Morgen bis Abend arbeiten; das heißt man kann es, aber dann wird man betriebsblind.

Lippert sagte: Ich habe geglaubt, das gäbe es nur bei uns Technikern, und nun höre ich, daß auch ein Gelehrter betriebsblind werden kann. Siehst du, Lisa, wandte er sich an seine Frau, da redet unsereins im fachlichen Jargon, über den du dich beschwerst, weil er ungebildet sei, und nun kommt ein Doktor der Kunst daher – ich nehme an, daß Sie auf diesen Titel Anspruch haben . . .

Pöring lachte: Den schenke ich Ihnen, wenn Sie mir den Ingenieur schenken. Sie wissen ja, daß der Ingenieur in Österreich ein Titel ist.

Pöring sprach diese Sätze leicht daher; eigentlich beschäftigte ihn Lisa. Sie sprach ein reines Hochdeutsch, während die Sprechweise des Mannes den Süddeutschen verriet. Der Mann ist älter als sie, sagte er sich. Sie laufen nicht nebeneinander, sondern vor- und hintereinander. Andererseits sind sie lange verheiratet. Hinter dieser Ehe muß ein Geheimnis stecken; ich möchte es herausbekommen. Offenbar langweilt sich die Frau, und die Munterkeit des Mannes, wenn auch brummiger Art, ist ihr gleichgültig.

Es zeigte sich, während sie weitergingen, daß die Eheleute auch in seiner Begleitung und ohne es zu wissen getrennt blieben und sich gegenseitig stehenließen. Der Ingenieur kam an keinem Zeitungsstand vorüber, ohne die Schlagzeilen der internationalen Presse zu lesen. Die Frau blieb vor Andenken- und Juwelierläden stehen. Sie sagte zu Pöring, der an ihrer Seite blieb: Glauben Sie ja nicht, daß ich mich für Andenken und

Schmuck interessiere! Sie sehen, ich trage weder eine Kette noch einen Ring, und ich weiß, daß die Preise dieser Waren für die Fremden gemacht werden und viel zu hoch sind. Aber was soll ich anderes tun, wenn er (sie meinte ihren Mann) ständig stehenbleibt? Er schwärmt für Zeitungen und Zeitschriften. Da mich das aber nicht interessiert, gehe ich weiter und warte, bis er nachkommt. Die Neigung, einen Blick in Zeitungen zu werfen, hängt mit seinem Wanderleben zusammen. In der Fremde wollte er erfahren, was zu Hause vorging, und heute, wo er pensioniert ist, möchte er lesen, was an den Orten vorgeht, wo wir gelebt haben.

Und wo war das? fragte Pöring eher höflich als neugierig.

In Madrid, Caracas, Buenos Aires, in Tunis, Damaskus (wo es besonders gräßlich war) und in andern Städten, die mit Öl zu tun haben. Wir haben aus unseren Koffern gelebt. – Sehen Sie mal! sagte sie, plötzlich vor einem Geschäft stehenbleibend. Im Schaufenster sah man Jagdwaffen und Angelgerät.

Pöring blieb stehen und sah die Auslagen mit den Augen eines Mannes, der nie im Leben gejagt und gefischt hat und es auch von seinen Freunden nicht erwartet: Es ist genau das Gewehr meines Vaters, sagte sie.

Ah, sagte er, und es war deutlich und auch ganz natürlich, daß er, Pöring, für das Gewehr von Lisas Vater Teilnahme heuchelte.

Ihr Vater ist Jäger?

Er war es, er ist tot, aber mit solch einem Gewehr habe ich als junges Mädchen einen Fuchs geschossen.

Mit einem Mal ging die Teilnahme Pörings für das Gewehr von Lisas Vater in die Besichtigung einer Waffe über, die in Lisas Händen einem Tier der heimischen Natur den Tod gebracht hatte.

Sie sind Jägerin?

O nein, aber ich habe meinen Vater manchmal in sein Revier begleitet. Es war Winter, sehr kalt, es lag ein dünner Überzug von Schnee auf dem Grund der Fichtenschonung. Mein Vater war einem Fuchs auf der Spur und hatte den Bau entdeckt. Plötzlich blieb er stehen und sagte: Lisa, wir stehen auf dem Fuchsbau. Ich werde weggehen, und der Fuchs hört das. Du bleibst stehen, und wenn dann der Fuchs drüben aus dem Loch kommt, schießt du! Ich nahm das Gewehr, mein Vater ging, seine Schritte entfernten sich; der Fuchs glaubte, die Luft sei rein, und tatsächlich erschien er nach zwei Minuten an der angegebenen Stelle. Ich schoß. Der Fuchs sprang senkrecht hoch und fiel zusammen. Mein Vater war sehr stolz, er kam zurück, er lief förmlich, umarmte mich und küßte mich: Du bist meine Tochter, sagte er, du bist wirklich meine Tochter!

4

Es stellte sich heraus, daß die Lipperts ebenso empfindlich gegen den Lärm des abendlichen Corsos waren
wie Pöring, und so beschloß man, in den Räumen einer
gegen die Straße durch Glasscheiben abgeschirmten
Pizzeria Platz zu nehmen und den Wein zu versuchen.
Pöring hatte zwar Bedenken gegen diese Art von Lo-
kalen, da er wußte, daß die Einheimischen in der nächsten Stunde mit ihren Freunden und Kindern zum Essen kämen, aber er sah einen Reiz in der zwanglosen
Atmosphäre und als sich herausstellte, daß er vom Personal, da er die italienische Sprache gebrauchte, besonders aufmerksam bedient wurde, schlug er der Frau
statt der Bowle einen moussierenden Weißwein vor,
während Lippert nicht vom Pilsener abzubringen war.
Pöring selbst nahm einen Campari und bestellte, da er
noch nicht gegessen hatte, eine romagnolische Pizza,
um die Ehre der Gäste zu retten, wie er sagte, denn eigentlich sei es ein Speiselokal. Der Frau empfahl er eine
Zuppa Romana, die blindlings akzeptiert wurde, aber
bei Erscheinen Verwunderung hervorrief.
Eine Zuppa, erklärte Pöring seinen neuen Freunden,
sei nicht etwas Flüssiges, sondern etwas Dickes, Festes, in diesem Fall eine Torte.
Frau Lippert lachte, es mache ihr nichts, sagte sie, ihr
Gewicht sei konstant. Sie begann zu essen, doch es
zeigte sich, daß sie vom Hotelessen zu sehr gesättigt

war, als daß sie mehr als zwei oder drei Löffel der köstlichen Torte hätte kosten können.

Laß dir Zeit, sagte ihr Mann, dem das Bier, da er von untersetzter Gestalt war, mehr zusetzen mußte als seiner Frau die Torte. Er zog ein Etui aus der Innentasche und präsentierte Pöring einen Schweizer Stumpen. Er habe mehrere Packungen mitgenommen, da sie ihm gut bekämen und man sie hierzulande wahrscheinlich nicht kaufen könne.

Pöring dankte, die Stumpen seien ihm zu schwer, aber wenn die gnädige Frau gestatte, werde er sich eine Zigarette nehmen. Sie hatte natürlich nichts dagegen. Sie nippte von dem Wein und bekam von beiden Seiten den Rauch zugeblasen.

Eine schöne Person, dachte Pöring, als junges Mädchen muß sie zauberhaft gewesen sein. Ihr Körper war zart, alles Weibliche war betont, und wie sie so vor dem Tisch saß, im Sessel zurückgelehnt, die Beine übereinandergeschlagen, in einem engen Rock und einer lockeren Bluse, die nichts sehen ließ, aber dem Betrachter einen prickelnden Reiz verursachte, mußte er gestehen, daß sie ihn anzog. Ein beinah leidender Zug um den Mund gab dem Gesicht einen Anflug von Trauer; Pöring konnte ihn nicht deuten. Es war nicht Müdigkeit oder schlechte Laune, denn ihr Gesicht belebte sich sofort, als eine Gesellschaft von Italienern auftauchte, die aus ihrer Bewunderung für die Frau kein Hehl machte. Pöring wunderte sich, wie empfänglich sie für diese übrigens ganz naiv dargebrachte Huldigung war, während ihr Mann, der den Neuankömmlingen den Rücken zuwandte, nichts zu bemerken schien.

In diesem Augenblick kam die von Pöring bestellte Pizza. Die italienischen Gäste begriffen, daß Pöring, wenn auch ein Deutscher, heimische Küche und Sprache verstand. Sie wurden in ihren Äußerungen vorsichtig und hatten viel zu reden, um dem Kellner genaue Angaben über Art und Weise der von ihnen bestellten Speisen zu machen.

Der Geruch ist köstlich, sagte Frau Lippert.

Der Geschmack ebenfalls. Darf ich Ihnen eine Kostprobe reichen? Ich habe meine Gabel noch nicht benutzt.

Das macht nichts, lachte sie, und plötzlich fingen ihre eben noch traurigen Augen an zu strahlen. Sie nahm die von Pöring auf der Spitze der Gabel gereichte Kostprobe mit den Lippen und wollte ihm eine neue Gabel reichen.

Aber nein, sagte er, das macht nichts; er mußte sich gestehen, daß die Benutzung einer Gabel, deren Spitzen die Lippen der Frau berührt hatten, ihm ein besonderes Vergnügen machte.

Diese Gewürze! sagte sie. Die Italiener kennen Gewürze, von denen unsereins keine Ahnung hat.

Was hier ein wenig vorschmeckt, sagte Pöring, ist Estragon, den man bei uns kaum kennt, und die Blattspuren, bereits halb vergangen, sind vom Fenchel, dem man aphrodisische Wirkung nachrühmt. Ich weiß freilich nicht, ob was daran ist.

Was für eine Wirkung? fragte Lippert, der akustische Schwierigkeiten hatte.

Aphrodisiastisch, sagte seine Frau. Sie ließ das Wort auf der Zunge zergehen, verfremdete es dadurch noch mehr, und es kam Pöring so vor, als sei das Absicht ihrem Mann gegenüber, der sich denn auch mit dem Fremdwort zufriedengab oder so tat, als habe er den Nebensinn nicht verstanden.

Die Pizzeria hatte sich gefüllt; wie Pöring gesagt hatte, kamen große italienische Familien und bestellten eine Pizza nach der andern, so daß der Bäcker vor seinem riesigen Ofen alle Hände voll zu tun hatte: Er warf die Teigplatten in die Luft und fing sie geschickt wieder auf. Das Kunststück amüsierte Frau Lippert so sehr, daß sie sich, um es besser zu sehen, aufrichtete, wobei Pöring ihren Busen bewundern konnte. Der auf Hochtouren gebrachte Backofen strömte eine beträchtliche Wärme aus, und diese hatte zur Folge, daß die Lipperts nach der ersten halben Stunde ihr Glas leergetrunken hatten. Pöring schlug vor, zum Wein überzugehen. Die Frau wollte aber bei dem Getränk, das ihr gefallen hatte, bleiben, und so bestellte Pöring beim Kellner ein weiteres Glas Asti spumante.

Aus dem folgenden Gespräch ergab sich, daß die Lipperts vor zwei Tagen angekommen waren und drei Wochen zu bleiben gedachten. Wenn meine Frau es so lange mit mir aushält, sagte der Ingenieur. Es ist nämlich das erstemal, daß wir gemeinsam Urlaub machen oder vielmehr, da ich pensioniert bin, gemeinsam Ferien machen. Urlaub soll Erholung sein, nicht wahr? Deshalb sind wir früher allein gefahren; sie fuhr in den Schwarzwald, ich an die Nordsee oder umgekehrt. Jetzt versuchen wir es zusammen und haben dafür das Hotel President gewählt. Die Saison ist vorbei, und wir hoffen, uns gegenseitig nicht zu sehr auf die Nerven zu gehen.

Das erstemal? wunderte sich Pöring, denn die beiden

24

machten den Eindruck eines lange verheirateten Paares.

Und selbst das ist nicht sicher, bemerkte die Frau. Als Pöring sie fragend ansah, erläuterte sie ihre Bemerkung mit den Worten, Lippert sei pensioniert, müsse in dringenden Fällen aber bei seiner Firma einspringen. Jeden Tag könne ein Anruf oder ein Telegramm kommen. In dieser Hinsicht lebten sie auch heute noch auf dem Sprung.

Pöring fragte, ob sie, die Frau, jedesmal mitfahren müsse.

Um Gottes willen, sagte Lippert, Frauen kann man bei solchen Reisen nicht brauchen. Sie führen in entlegene, unwirtliche Länder, und selbst wenn die Region zivilisierte Struktur hat, liegen die Ölfelder in Wüsten oder Steppen, seit neuester Zeit sogar auf künstlichen Inseln im Meer: Nein, das ist nichts für Frauen! Es gibt aber einen Trost, und der besteht darin, daß ich nach drei oder vier, spätestens nach acht Tagen zurückkomme.

Sie sehen, sagte die Frau zu Pöring, ich bin das Alleinsein gewöhnt.

Der wunderte sich: Die Frau erwartet, bewundert zu werden. Sie zieht die Augen der Umgebung auf sich. Vielleicht, sagte er sich, ist sie zu verwöhnt, um ihren Wert unterhalb der Schwelle jener Verehrung zu erkennen. Ihr Mann, der das zu wissen scheint, gibt ihr ständig kleine Vorlagen und läßt ihr Freiheit. Es berührte Pöring sonderbar, daß Lippert, als er sich erbot, ihnen Ravenna zu zeigen, seiner Frau einen fragenden Blick zuwarf und sagte: Ja, zeigen Sie ihr Ravenna! Sie hat schon bevor wir abfuhren gesagt, sie wolle Ravenna kennenlernen. Stimmt es nicht, Lisa?

Ich habe gesagt, *wir* wollten Ravenna sehen. Ich konnte nicht ahnen, daß wir hier an der Marina einen Fachmann kennenlernen würden. Jetzt hast du eine schöne Ausrede, bei deinen Zeitungen zu bleiben und mich nach Ravenna zu schicken. – Mein Mann, wandte sie sich an Pöring, mag nämlich keine Museen.

Wie kann man eine so entzückende Person alleinlassen, dachte Pöring und beeilte sich zu erklären, selbstverständlich sei es ihm ein Vergnügen, der gnädigen Frau Ravenna zu zeigen, in erster Linie die Kirchen mit den Mosaiken, dann aber auch das Grabmal Theoderichs des Großen und das Mausoleum der Galla Placidia. Obendrein sei das Museum sehenswert, beileibe keine Rumpelkammer, sondern ein noch nicht ganz fertiges Ensemble alter und neuer Teile, welche die Vorgeschichte der Landschaft einbezögen.

Auch das noch, sagte Lippert. Vorgeschichte ist das letzte, was mich locken kann. Ich verstehe nicht, weshalb man sich für Kulturen interessiert, deren Reste aus zerbrochenen Töpfen und Gewandfibeln bestehen.

Er übertreibt maßlos, sagte Frau Lippert. In Mittelamerika hast du mir Azteken und Inkas in viertausend Meter Höhe gezeigt, so daß ich fast einen Kollaps bekommen habe.

Das war zu einer Zeit, erwiderte der Mann, als du noch jünger warst. Wir werden nie mehr ins Hochgebirge fahren; es ist zu anstrengend für dich.

Ravenna sollten Sie sich aber doch ansehen, Herr Lippert, sagte Pöring; in zehn Minuten sind Sie dort, und abgesehen von Sant'Apollinare in Classe, das zwischen der Marina und Ravenna liegt, also nur fünf Autominuten von hier, sind die wichtigsten Bauten Ravennas an einem Nachmittag zu besichtigen. Da Lippert schwieg, fügte er vorsichtig hinzu: Die Marina, das Meer und der Strand sind herrlich, aber Sie werden feststellen, daß die Tage hier sehr einförmig sind.

Lippert hatte zur Natur, sei es die großartige des Meeres oder die heroische des Gebirges, so gut wie überhaupt keine Beziehung. Er folgte den Vorschlägen seiner Frau, zumal er wußte, daß diese Vorschläge Wünsche bedeuteten, und er ihr zuliebe diese Reise unternahm. Ich habe genug von der Welt gesehen, pflegte er zu sagen, sowohl im Dienst wie privat.

Er wäre am liebsten zu Hause geblieben und hätte auf alle Vergnügungen außerhalb seiner häuslichen Welt verzichtet, wenn nicht Lisa eine Neigung zu Zerstreuungen und Abwechslungen gehabt hätte. Die Neigungen hielt er für unschuldig, aber in ihm hatte sich die Vorstellung festgesetzt, daß er ihnen im Wege stehe, und deshalb begründete er gesellschaftliche Pflichten und Reisen wie diese mit den Wünschen seiner Frau.

In diesem Punkt dachte Pöring freilich anders. Auch er liebte seine Arbeit. Aber er wußte, daß ein geistiger Arbeiter, wenn man Auskünfte, Besichtigungen, bürokratische Umwege und das, was er das Spitzen des Bleistifts nannte, abzieht – daß ein geistiger Arbeiter nicht mehr als zwei oder drei Stunden arbeiten kann und jede Überschreitung dieser Grenze sich negativ auswirkt und wieder in das Spitzen des Bleistifts übergeht. Er besaß dafür ein untrügliches Gefühl und wußte, daß das Problem, wenn man es sich klargemacht hatte, erledigt war: Wenn er die Symbolfigur des

Pfaus, der in den Mosaiken oft wiederkehrt, überzeugend definiert hatte (»Der Pfau symbolisiert mit seinem – nach Plinius – unverweslichen Fleisch das ewige Leben«), dann war damit ein Schlüssel zu den für uns nahezu verborgenen Inhalten dieser Kunst gegeben. So sehr Pöring als Autor in dieser Welt lebte, konnte ihn nichts davon abhalten, nachmittags oder abends seinen Schreibtisch zu verlassen und seine Kräfte durch Ablenkung zu sammeln. Das war der Sinn seiner Fahrten an die Marina, seiner halb fachlichen, halb künstlerischen Teilnahme an der Bergung der Fragmente aus dem Meer und seiner Kontakte mit den Mitgliedern der gelehrten Institute von Ravenna. Wenn er aber wie jetzt eine Frau entdeckte, deren Aussehen oder Verhalten ihn reizte, so wäre der Gedanke, sie nicht kennenzulernen, ihm als eine quasi asketische Verirrung erschienen; das Vergnügen am Umgang mit ihr, davon war er überzeugt, konnte seinen wissenschaftlichen Eros nur beflügeln.

Pöring war kein Don Juan. Es war ihm nicht recht, daß der Ingenieur Lippert anscheinend zufrieden war, wenn er Lisa mit den Schätzen Ravennas bekannt machte, und er, Lippert selbst, währenddessen in den Zeitungen Nachrichten über Caracas oder Teheran studieren konnte. Pöring lag nichts daran, der Frau Ravenna zu erklären, ein mehr oder minder höfliches Interesse für den Grundriß einer Basilika zu wecken. Dazu war sie ihm zu schade: Wenn eine Frau ihm gefiel, wollte er – darin Lippert nicht unähnlich – den Umweg über die Vorführung seiner Kenntnisse an die Adresse der Frau vermeiden. Dagegen war er bereit, dem Ehepaar gemeinsam etwas zu erklären, um dadurch eine Basis für Gespräche zu haben, in denen er, Pöring, eine Rolle spielen konnte: Indem man dem Mann einer Frau Gelegenheit gibt, über den Verehrer zu sprechen, tut man ihr einen großen Gefallen. Wenn Pöring allein war, verzichtete er auf den gelehrten Kredit und auch auf den Vorteil, ihr eine Gefälligkeit zu erweisen. Ich möchte, sagte er zu sich selber, den melancholischen Ausdruck von ihrem Gesicht vertreiben und es zu jenem strahlenden Lächeln erwecken, das ihrer wahren Natur entspricht.

5

Nun, was meinst du, sagte der Ingenieur, als das Ehepaar nach der Verabschiedung des neuen Bekannten zum Hotel ging. Es war dunkel geworden, und als sie die Hauptstraße verließen, sahen sie das Meer in der Ferne feucht und dunkel schimmern. Man sah Leuchtpunkte, und um festzustellen, ob sie sich bewegten, blieb Lippert stehen, während seine Frau weiterging. Die meisten Punkte bewegten sich nicht, es waren Fischerboote, die an ihren Netzen festgemacht hatten. Doch ganz in der Ferne sah man eine langsam querab treibende Kette von Lichtern, wahrscheinlich eins der Fähr- oder Kriegsschiffe aus Venedig.

Es war so warm, daß man auf der Terrasse im Freien sitzen konnte. Hier hatte Lisa bereits Platz genommen, als ihr Mann kam. Es scheinen Fischerboote zu sein, sagte er, die draußen auf ihren Fang warten.

Meinst du? sagte sie. Ich glaube eher, daß es die Beleuchtung dieser gräßlichen Bohrtürme ist.

Du magst recht haben, erwiderte er, und ließ sich in einiger Entfernung, aber so, daß man sich unterhalten konnte, auf der Terrasse nieder. Er wiederholte: Was meinst du zu diesem Herrn Pöring?

Herr Pöring, sagte sie, ist ein Adliger.

Davon hat er nichts gesagt, jedenfalls habe ich es nicht gehört, wobei ich zugebe, daß mein Gehör, zumal auf der linken Seite, nicht das beste ist.

Er hat es nicht gesagt. Dazu ist er zu wohlerzogen. Ich habe es gelesen. Der Name stand als Adresse auf seiner Zeitung: Doktor P. von Pöring. Wenn wir herausbekommen, was das P. bedeutet, haben wir seinen Namen vollständig.

Ich werde ihn mit Herr Doktor titulieren.

Gewiß, sagte sie, das kannst du.

Damit war das Gespräch zu Ende, und ein drittes Mal wagte Lippert seine Frau nicht nach ihrer Meinung über den neuen Bekannten zu fragen. Er wußte, daß sie verstimmt war, weil er das Angebot, sich von Pöring durch Ravenna führen zu lassen, abgelehnt hatte. Gleichviel – er war froh, daß seine Frau ihn kennengelernt hatte, denn die Hotelgäste gefielen ihm ebensowenig wie ihr.

Inzwischen war der auf dem nächtlichen Meer sich bewegende Lichtschein nahe gekommen. Man konnte erkennen, daß es sich um die Masten und Aufbauten eines großen Schiffes handelte. Lisa nahm das durchaus wahr, aber ihre Gedanken konnten in dies für sie ganz zufällige Ereignis nichts hineinlegen, da etwas anderes ihr Bewußtsein erfüllte. Die Fixierung ihrer Augen durch das ganz langsam und in weiter Entfernung auf dem Adriatischen Meer vorübergleitende Schiff war für sie nur der Anlaß, eine Teilnahme zu heucheln. Wenn sie die Augen auf das ferne Schiff heftete, würde Lippert sie nicht ansprechen und ihr Bewußtsein nicht von jener süßen Lust befreien, der sie sich hingab: die Erinnerung an Pörings Blicke und Worte! Er hat mich durchschaut, sagte sie zu sich, und ich weiß, wie das zustande gekommen ist.

Wenn ein Mann ihr Benehmen und Auftreten anziehend fand, obwohl Lisa nichts tat, um sein Gefallen zu erregen, spürte sie eine heimliche Genugtuung. Die Langeweile ihrer Ehe wurde dadurch ausgeglichen.

Die Lipperts waren übrigens nicht die einzigen Gäste, die das ferne Schiff beobachteten. Ach guck doch mal, ein Schiff, rief jene Dame, die durch einen ungeheuren Busen aufgefallen war.

Ja nun, ein Schiff, rief der andere. Hast du es?

Offenbar hantierte jemand mit einem Fernglas. Was denn? rief die erste. Was denn?

Das Schiff natürlich!

Nein, ich hab' es nicht!

Gib mal her! So ging das Glas von der einen zu der andern: Siehst du was?

Nein, auch nicht.

Na, also . . .

Gräßlich, sagte Lippert.

Du magst unsere Landsleute eben nicht, erwiderte Lisa. Sie sind nun mal so.

Nachts benutzen sie Ferngläser und tagsüber laufen sie in kurzen Hosen herum, sagte er. Und diese Figuren! Das sind überhaupt keine Personen, sondern wandelnde Säulen.

Während sich die Perspektive des fahrenden Schiffes veränderte und der vor kurzem noch frontale Anblick sich in den der Längsseite verschob und die Länge der Erscheinung für einige Minuten ihre Höhe bei weitem überwog, stellte sich, abermals ein paar Minuten später, der erste Eindruck wieder her, ein hochragendes Licht, was dadurch zustande kam, daß das Schiff den Kurs aufs offene Meer nahm und nach fünf oder sechs Minuten ganz für das Auge verschwand.

Jetzt ist er weg, rief die Dame mit dem riesenhaften Busen, und damit war für Lisa die Zeit ihrer Träumerei zu Ende: Sie war mit Pöring beschäftigt gewesen, was ihr Mann nicht ahnen konnte; andernfalls hätte er auf seine Frage, was sie von ihrem neuen Bekannten halte, eine Antwort bekommen.

Lisa hätte sich sogar gern über Pöring unterhalten. Da ihr Mann nun aber, weil er verstimmt war oder die Frage vergessen hatte, nichts sagte und der Blick auf die nächtliche Adria ihm ebensowenig bedeutete wie der Anblick eines Berges in den Alpen, kam es zu keinem Gespräch, und der Abend verging wie gewöhnlich mit der Lektüre der Zeitungen.

Nach Ablauf von fast einer Stunde unterbrach Lisa seine Lektüre und sagte: Morgen abend ist Tanz im Schwimmbad . . .

Der Ingenieur schrak auf. Eben hatte er Spekulationen über die Rückeroberung der Falkland-Inseln angestellt und beschäftigte sich mit den Schlägereien der durch die lange Seefahrt nervös gewordenen Marine- und Infanteriesoldaten.

Tanz im Schwimmbad – was soll das heißen?

Seine Frau lachte und erwies sich als vollkommen im Bilde: Das heißt, daß das Hotel einen Tanzabend im Freien, rund um das Schwimmbad, veranstaltet, wobei vor allem männliche Gäste willkommen sind.

Ach so, sagte er, ich muß also tanzen!?

Der Ton dieses Satzes war der eines in seiner Behaglichkeit gestörten Bären, der durch einen Zug am Nasenring daran erinnert werden muß, daß ein anderer über ihn bestimmt. Ja, sagte er, dann haben wir eine angenehme Unterhaltung; weißt du, ob unser neuer

Freund die Einladung zu einem Tanz im Schwimmbad annimmt?

Da kannst du beruhigt sein, sagte sie, ich werde die Einladung schon übermitteln.

Ja, weißt du denn, ob er morgen kommt?

Natürlich kommt er! Er war jeden Nachmittag hier, wenn die Bergungsschiffe eintrafen.

Ach so, sagte er, vielleicht ziehen sie wieder eine Venus an Land. Lippert mußte derart lachen, daß er sich fast verschluckte.

6

Pöring ging am Nachmittag des folgenden Tages zum Tee der Contessa Spadini. Sie war eine Verwandte seiner Mutter. Die Spadinis hatten es verstanden, sich den Bedingungen und Erfordernissen der neuen Zeit anzupassen. Ursprünglich waren sie romagnolische Grundbesitzer gewesen. Sie hatten ihre Viehweiden im weitverzweigten Delta der Flußlandschaften des Pos, wo es in den Tälern des Comacchio bis vor die Tore Ravennas reicht, an die Industriezone im Norden der Stadt verkauft und das Geld in Fabriken und Hafenanlagen angelegt. So war es ihnen, im Gegensatz zu andern Familien, die keine Weitsicht besaßen, möglich, ihr Stadtpalais im Herzen der Altstadt zu bewahren und zu erneuern.

Nach außen hin sah alles bescheiden aus. Ein riesiges Doppeltor aus Eichenholz war die Einfahrt. Wenn es offenstand, konnte man den Blick auf einen mit Bäumen fast parkartig bestandenen Innenhof werfen, wo die Familie seit den Zeiten des achtzehnten Jahrhunderts in aristokratischem Stil lebte, das hieß mit Hausmeister, Gärtner, Jäger, Küchenpersonal und Gouvernante. Seit Jahren gehörte ein Chauffeur zum Hauswesen, während man, aus ebenso vernünftigen wie sozialen Gründen, keinen Hausgeistlichen mehr hielt. Diese Rolle war mit Don Ramo besetzt, dem Spiritual der Stiftungen zur Erhaltung und Pflege der kirchlichen

Denkmäler der Stadt – und fast alle Denkmäler der Stadt waren kirchlich. Da er ein ebenso frommer wie gebildeter Geistlicher war, konnte Pöring aus dem Umgang mit ihm nur Vorteile haben.

Der Graf Spadini hatte sich, wie schon sein Vater und Großvater, dem Verfall seines Standes und Erbes energisch widersetzt. Er war nicht nur Verwalter der restlichen Liegenschaften (Wein- und Obstgärten; die Viehzucht hatte man aufgegeben), sondern saß im Vorstand bedeutender Gesellschaften. Er hatte Jura und Volkswirtschaft studiert und war geneigt, in dem germanischen Vetter seiner Frau, bei allem Respekt vor der Wissenschaft, eine verfeinerte Form des Nichtstuers zu sehen, zumal er beobachtet hatte, daß Pöring nur vormittags arbeitete, im übrigen aber, vom Nachmittag bis in den späten Abend hinein, mit dazu beitrug, das Ansehen und die Würde des Adels zu untergraben.

Die Spadinis hatten vier Kinder, zwei Söhne und zwei Töchter. Da diese inzwischen herangewachsen waren und eine Tochter schon verheiratet war, hätte man die Gouvernante nicht mehr gebraucht. Die Gräfin hatte sich jedoch so an sie gewöhnt, daß sie diese Dame, Mademoiselle Truffaut, als Gesellschafterin im Haus behalten hatte. Tatsächlich gehörte die Truffaut zur Familie, und nur das Sie der Anrede ließ den Fremden erkennen, daß eine Distanz bestand.

Jeden Nachmittag um fünf Uhr gab es den Tee. An ihm nahmen außer der Gräfin, der Truffaut und Don Ramo auch Gäste teil, während der Hausherr, wenn nicht durch dringende Sitzungen und Besprechungen, so durch seine einzige Leidenschaft, die Jagd, an diesen Unterhaltungen gehindert wurde. Ein Jäger war dann sein einziger Gefährte. Seit Pöring aufgetaucht war, fühlte sich der Graf in seinem italienischen Hochmut bestärkt, der allerdings einen nur halb eingestandenen Grund hatte: Pöring sprach wie alle Ausländer ein toskanisches Buch-Italienisch, das dem Grafen um so mehr auf die Nerven ging, als seine Ausdrucksweise vom Dialekt der Romagna genährt war, kräftig bäuerlich und nahe beim Venezianischen, wenn auch ohne dessen Witz; aber der Minderwertigkeitskomplex steckte tief in ihm und regte sich besonders daran, wenn ein Ausländer nach der Schrift (»wie es im Buche steht«) redete. Seine Frau und die Gouvernante ließen den Glockenklang des Pöringschen Parlierens mit süßem Schauder in ihren Seelen widerhallen, wie der Italiener ja überhaupt entzückt ist, wenn ein Ausländer seine Sprache, und sei es mit grammatikalischen Fehlern, spricht.

An diesem Nachmittag fand Pöring außer der Gräfin und Fräulein Truffaut Don Ramo, den er erwartet hatte, und die jüngere Tochter am Teetisch. Sie hieß Galla und wehrte sich gegen die Assoziation dieses Namens mit Galla Placidia; es gebe eine heilige Galla, die Patronin der Witwen; dieser Name sei bei den Spadinis den zweiten Töchtern vorbehalten.

Galla war ein hübsches Mädchen mit den Augen ihrer Mutter, aber ohne deren Gefühl für schickliche Kleidung. In Gegenwart eines geistlichen Herrn, fand die Gräfin, solle Galla nicht die aus Venedig kommende Mode der Harlekinhosen mitmachen. Das sei etwas für die Mädchen aus den Vorstädten.

Sei froh, Mama, sagte Galla, daß die Mode lebendig wird. Harlekin ist eine klassische Figur; sein Kostüm hat mehr Tradition als die Jeans; und die goldenen Gürtel und Schuhe haben jenen Pfiff . . .

Sie streckte ihr Bein aus, um den Schuh zu zeigen, ein vergoldetes Etwas mit Riemchen um die Knöchel.

. . . haben jenen Pfiff, fuhr sie fort, den die italienische Mode der deutschen und französischen voraus hat, von Amerika zu schweigen.

Die Gräfin seufzte: Amerika, Amerika, wir alle leben von Amerikas Gnaden! Am schlimmsten war diese Mode, wandte sie sich zu Pöring, als man T-Shirts zu den Jeans trug und auf dem Rücken geschrieben stand Follow me – können Sie sich etwas Taktloseres denken?

Pöring war höflich genug, die Mutter zu bestätigen, zugleich aber nahm er Galla in Schutz: Ein hübsches Mädchen kann *alles* tragen! An der Marina sah ich dieser Tage den neuesten Gag: Tücher aus leichten Stoffen, die man wie ein Kleid um sich wirft.

Die Gräfin hielt es für richtig, das Thema zu wechseln. Ihr Mann, sagte sie, sei auf der Hühnerjagd. Ob er, Pöring, schon mal Folaghe gegessen habe, sie seien wunderbar zart.

Pöring stutzte, doch dann reichte sein Latein zur Identifizierung der Folaghe aus; es waren Wasserhühner, Fulica. Nein, die habe er noch nicht gegessen.

Man könne die Folaghe, sagte Don Ramo, auf den Mosaiken von Ravenna und Aquileja sehen. Ihre Eier seien Symbole der Auferstehung, und zwar stelle man sich vor, Christus sei aus dem Grab auferstanden, wie das Küken aus dem Ei bricht.

Das erscheint mir weit hergeholt, sagte die Gräfin, und Don Ramo, da er keine Unterstützung bei Pöring fand, beeilte sich hinzuzufügen, die Deutung des Eis sei heidnisch, woran die deutschen Ostereier erinnerten.

Ich finde es aber hübsch, Don Ramo, sagte Galla, daß Sie den Ausbruch der Küken aus dem Ei christlich deuten können.

Die Gräfin warf ihrer Tochter einen verwunderten Blick zu und schien das Thema abermals wechseln zu wollen: Wir hoffen, lieber Pöring, Sie demnächst zum Wasserhuhnessen bei uns zu haben. Teresa, die Köchin, versteht sie mit Kardamom und Koriander zuzubereiten.

Pöring mußte an sich halten, um nicht loszulachen. Er sagte: Auf dem Tisch, gekocht oder gebraten, bleibt nicht viel übrig von der Symbolik.

Don Ramo warf ihm einen Blick zu: Wir wollten das Wasserhuhn ja nur aus der Hölle des Trivialen befreien, und dazu dient, neben den historischen Erklärungen, die Theologie. Beide Wissenschaften sind in den Augen der Öffentlichkeit freilich auf den Hund gekommen. Man widmet sich der sozialistischen Träumerei.

Damit waren sie bei ihrem Lieblingsthema angekommen; es füllte den Rhythmus des Gespräches von künstlerischem und theologischem Gehalt und brachte die Gräfin zu einem Punkt des Glücks, der Verjüngung, und das hing mit dem idealen Ziel des Lebens zusammen. Im gewöhnlichen Leben spielen solche Dinge kaum noch eine Rolle. Unser Geist beschäftigt sich, da er für andere Zwecke ausgebildet wird, kaum noch mit ihnen, so daß wir nicht an ihre Wirklichkeit glauben oder diese Wirklichkeit leugnen – obwohl natürlich die

Leugnung des Glaubens den Glauben voraussetzt, so wie der Atheist Gott nicht leugnen könnte, wenn er in ihm eine Chimäre oder einen Irrtum des Geistes sähe. Wie ein hoffnungslos Erkrankter durch ein neues Medikament oder eine Luftveränderung plötzlich Kräfte in sich erwachen spürt und neue Hoffnung schöpft, so entnahm die Gräfin Spadini den Gesprächen ihrer gelehrten Freunde, daß es unsichtbare Wirklichkeiten gäbe; von ihnen zeugten, gegen die Verödung unseres Geistes, die Bauten und Bilder von Ravenna.

Die Gespräche hatten auf die Contessa die Wirkung einer Droge. Sie wußte, daß für viele Besucher dies Erlebnis entscheidend war und daß dies Erlebnis in Ravenna, im Gegensatz zu andern Städten frühchristlicher Kunst, besonders eindrucksvoll war. Die Gegenwart Gottes und die Gewißheit des Glaubens wurden hier bezeugt. Auf der andern Seite hatte sie das Gefühl, als erschöpfe sich Ravenna für Pöring nicht bloß in seiner gelehrten Beschäftigung mit den Wandbildern. Das eigentliche Wunder der Mosaiken bestand darin, daß die vielen tausend Stein- und Glasstücke erst aus der Entfernung, aus dem Abstand des Auges, ihre Bedeutung erhielten, während man bei naher Betrachtung wie bei modernen Bildern »nichts sah«.

Es ist wie Zauberei, nicht wahr, Don Ramo? sagte sie. Man weiß nicht, wie die Masse der Steinchen, von denen jedes nur ein Stückchen Glas oder Marmor ist, so viel hergeben kann.

Der Geistliche lächelte, er fand die Bemerkung naiv, stützte sie jedoch mit den Worten, daß die einzelne musikalische Note ja auch nichts sei, nicht einmal ein Ton, sondern nur das Zeichen eines Tons, und daß erst deren richtige Anordnung ein Signal oder ein Musikstück ergäbe.

Die Contessa sagte zu ihrer Tochter: Galla, hole noch eine Limone – oder nein, die Herren lieben das Bittere, einen Grapefruitsaft.

Pöring sah auf die Uhr und sagte: Ich bin heute nicht an der Marina; nun, die werden nichts Besonderes gefunden haben. Ich habe übrigens Landsleute kennengelernt, die sich gleichfalls für die Bergung interessieren . . .

Die Gräfin sagte: Alle Deutschen schwärmen für unsere Antike, aber die Quellen des modernen Lebens bleiben ihnen unbekannt. Sie überspringen mit ihrer Begeisterung mehr als tausend Jahre, so wie Euer Goethe in Assisi einen provinziellen Minervatempel bewunderte, von der herrlichen Basilika des heiligen Franz aber kaum Notiz nahm. Alle diese Leute, die behaupten, sie bewunderten die Antike, übersehen, daß die Antike in der christlichen Religion und ihrer Liturgie fortlebt. Bei euch hat man die Religion über Bord geworfen, und deshalb geht es bergab.

Während die schöne Galla den Herren Grapefriut und ihrer Mutter Limonade servierte, suchte Don Ramo die Herbheit der Aussage zu mildern. Auch Italien, das Land der Heiligen, sagte er, sei in den Sog utopischer Vorstellungen und Zwangsbeglückungen geraten.

Was Sie nicht sagen, Don Ramo! Ich lege keinen Wert darauf, so zweifelhafte Erfindungen wie die Nationalitäten gegeneinander auszuspielen.

Die Gouvernante, Fräulein Truffaut, war dem Gang des Gesprächs bisher schweigend gefolgt. Mit einemmal sagte sie zu Pöring: Sie wollten uns von Ihren deut-

41

schen Bekannten erzählen. Pöring war ihr dankbar für
die Erwähnung. Er sah Lisa, wie sie an der Marina ver-
geblich nach ihm Ausschau hielt: Mit einemmal wurde
ihm klar, daß ihre Gegenwart, ihre Unterhaltung, ihre
fragenden Augen, der Ton ihrer Stimme ihm wichtiger
waren als das Gespräch im Spadinischen Hause. Sicher
würde Lisa jetzt beim Ausladen der Bergungsgegen-
stände zuschauen und würde sich, wenn er nicht käme,
fragen, weshalb er ausgeblieben sei, wo er doch gestern
und vorgestern und vorvorgestern (das war der Tag, an
dem Pöring sie getroffen hatte) gekommen war.
Der Gedanke machte Pöring nervös. Er warf der Gouvernante einen raschen Blick zu, beugte sich vor und
sagte: Es sind ganz reizende Leute, ein Ehepaar, das
weit herumgekommen ist und im President wohnt. Die
Dame ist jünger als ihr Mann und hat weitgespannte
Interessen.
Wenn sie so gut Italienisch sprechen wie Sie, sagte die
Gräfin, können Sie die Herrschaften vielleicht zum Tee
mitbringen?
Nein, nein, sagte Pöring und wußte nicht, daß die
Raschheit seiner Antwort die Gräfin spüren ließ, daß
bei dieser Bekanntschaft noch etwas anderes eine Rolle
spielte. Nein, nein, sagte er, sie sprechen so gut oder
schlecht Italienisch wie fast alle meiner Landsleute.
Aber sie können Spanisch.
Als er sich eine halbe Stunde später verabschiedete,
ging er zum nächsten Telefon, rief das Hotel President
an, verlangte Madame Lippert und wurde verbunden.
Lisa war über den Anruf ebenso überrascht, wie sie es
vorhin am Strand gewesen war, als Pöring nicht gekommen war, und dies Gespräch, das ganz konventio-

nell verlief, indem Pöring sich für sein Nichterscheinen am Strand entschuldigte und sie, Lisa, die Gelegenheit wahrnahm, ihn zu fragen, ob er Lust habe, als ihr Gast zum Tanz im Schwimmbad ins President zu kommen, – dies Gespräch bewies ihr, daß sein Erscheinen bei der Bergung seit gestern nicht nur den archäologischen Schätzen galt. Wenn er glaubte, sich für etwas entschuldigen zu müssen, was weder seine Pflicht noch ein Versprechen war, daß er nämlich heute wie gestern und vorgestern an die Marina käme, so war es ein Zeichen, und es erfüllte sie mit Freude.

Als sie zu ihrem Mann zurückkam, sagte sie, Pöring habe angerufen; heute sei er nicht an die Marina gekommen, aber morgen komme er zum Tanz. Lippert erwiderte: Ein höflicher, ein ausgesprochen wohlerzogener Mensch.

7

Mlle. Truffaut hatte sich, ohne es zu ahnen, eine Kränkung zugezogen, indem sie Herrn von Pöring gebeten hatte, von seinen deutschen Bekannten zu erzählen. Er hatte das bereitwillig getan, und dem Scharfsinn der Gouvernante war die Entschiedenheit des Tons nicht entgangen, als er berichtete, seine Bekannten sprächen so gut wie kein Wort Italienisch. »So gut wie kein Wort« hieß immerhin, daß sie es doch etwas sprächen, und Lisa mit ihren Kenntnissen der spanischen und französischen Sprache konnte schließlich nicht weit vom Verstehen des Italienischen entfernt sein, wenn sie auch einige Worte falsch benutzte, die im Lauf der Jahrhunderte, aus der gleichen Wurzel kommend, im Italienischen eine andere Bedeutung angenommen hatten als im Spanischen.

Der Schluß lag nahe, und die Gouvernante zog ihn, daß Pöring seine Bekannten für sich behalten wollte, daß da ein besonderes Verhältnis im Entstehen war.

Als Don Ramo gegangen war und Galla sich auf ihr Zimmer verdrückte, wie ihre Mutter das nannte (in Wirklichkeit wollte das junge Mädchen einen Roman lesen), sprachen die Damen über ihre Gäste, wie das fast jeden Abend geschah. Die Gräfin wußte, daß Mlle. Truffaut ihre Augen mit Neugier und Wohlwollen auf dem deutschen Verwandten ruhen ließ. Sie belustigte sich darüber, zumal die Truffaut es nicht zugeben wollte. Es war ihr aufgefallen, daß Pöring mehrmals der Bitte oder dem Vorschlag der Gouvernante ausgewichen war, er möge ihr seine Auffassung von den Mosaiken an Ort und Stelle erklären. So hatte die Truffaut, als Pöring von den Pfauen, Störchen und Enten auf den Dekorationen des Presbyteriums von San Vitale gesprochen hatte, also von den Sumpflandschaften des Paradieses, ihn gefragt, weshalb die Farben hier diskreter aufeinander abgestimmt seien als auf den Figurenporträts.

Er hatte geantwortet, er wisse es nicht; Mlle. Truffaut kenne die Mosaiken wohl sehr gut!?

Wenn man hier lebt, kennt man sie, aber man kennt sie nicht so gut, daß man alle Details »lesen« kann.

Pöring hatte gelacht: Lesen können, Signorina, das ist die Kunst der Künste. –

Ich bin neugierig, sagte die Gouvernante jetzt zur Gräfin, ob Herr von Pöring *ihr*, sie meinte Lisa, die Bilder zeigen wird. Er hatte geradezu Angst, auf meine Bitte einzugehen, und nun sehe ich kommen, daß er einer Ingenieursfrau die Identität der Bischöfe in Sant' Apollinare in Classe fuori erklärt. Im übrigen muß ich mich wundern, daß er sich mit Touristen der Marina abgibt.

Die Gräfin ging nicht so weit, den Standesunterschied zwischen einer Ingenieursfrau und einem Kunsthistoriker aufregend zu finden. Sie sagte: Vielleicht gefällt ihm die Dame, und wenn sie ihm gefällt, wird er ihr unsere Mosaiken erklären, aber doch nur dann, wenn die Dame es wünscht . . .

Wünscht? rief Fräulein Truffaut, man muß die Intelligenz dazu besitzen!

Es kommt ganz darauf an, was man unter Intelligenz versteht.

Endlich! rief die Truffaut, nun weiß ich also, daß er mir diese Intelligenz nicht zutraut!

Aber nein, begütigte die Gräfin ihre Freundin.

Doch, doch, rief diese, sie wird es schon verstehen, daß er ihre geschwätzige Neugier für den Ausdruck von Intelligenz hält! So machen sie es! Glauben Sie, daß von hundert Leuten, welche die Marina als Sommerfrische benutzen, mehr als zwei an den Kirchen von Ravenna interessiert sind?

Immerhin bringen diese Leute unserer italienischen Wirtschaft Jahr um Jahr Milliarden von Devisen, und ohne sie wäre unser liebes Italien ein Entwicklungsland. Es läßt sich nicht leugnen, daß Ravenna während der Saison von kunstbegeisterten Touristen wimmelt.

Die Truffaut besaß die Seele eines Blaustrumpfs, und die Gräfin wußte, welch sonderbare Verwirrungen von dieser seelischen Verfassung bis in den Verstand und die Sprechweise ausstrahlen. Da sich die Gräfin seit Jahren in einem sehr ausgeglichenen Zustand befand – man hätte ihn philosophisch nennen können –, wurden ihr die Exaltationen der Gesellschafterin lästig, und sie war eben dabei, das Thema zu wechseln, als das Erscheinen ihres Mannes eine weit bessere Gelegenheit bot, von etwas anderem zu reden.

Den Grafen Spadini zierte die Tracht des italienischen Jägers, ein Khakihemd und im Oberteil weit gearbeitete Breeches. Seine Flinte, eine Schrotflinte zum Vogelschießen, hatte er in seinen Gewehrschrank geschlossen, und nun kam er, um seiner Frau die Beute zu zeigen, zwei Wachteln und eine Ente. Um Gottes willen, in die Küche damit! sagte sie. Du weißt, daß Mlle. Truffaut dich für einen Tiermörder hält . . .

Der Graf konnte die Truffaut nicht ausstehen, und es erschien seiner Frau durchaus möglich, daß er die Betulichkeit der Gouvernante schockieren wollte. Dummes Geschwätz, sagte er, die Jagd ist die einzige legitime Form der Hegung.

Die Gräfin warf keinen Blick auf die Jagdbeute, denn sie wußte, daß sie vom Geflügelmarkt in Ghibulla stammte, wenn Spadini sie nicht einem Bauern im Bereich des eigenen Gutes abgekauft hatte, wo man die Wachteln aus den Getreidefeldern jagte.

Die Gouvernante war naiv genug zu glauben, daß der Graf die Wachteln und die Ente waidmännisch erlegt hatte, und die Gräfin ließ sie in diesem Glauben.

Hattest du Besuch von Don Ramo? Wo ist Galla?

Galla ist hinaufgegangen. Aber vielleicht interessiert es dich, daß unser deutscher Verwandter erst vor einigen Minuten gegangen ist und Don Ramo und er ein Gespräch über ihre Fachgebiete hatten.

Verzeih mir, sagte Spadini ironisch, wenn ich gestehe, daß mein Mangel an Bewunderung für diese Disziplinen sich auch auf ihre Vertreter erstreckt.

Das Gespräch war so gescheit, schmachtete die Truffaut den Hausherrn an.

Das glaube ich gern, Mademoiselle. Die Herren haben eine Leichtigkeit der Rede und Gegenrede und dazu ein Gedächtnis für Einzelheiten ihres Fachs, um das ich sie nur beneiden kann. Ich gönne Ihnen diesen Umgang von Herzen, bitte Sie aber, mir nicht das Vergnügen an der Jagd bestreiten zu wollen!

Der Herr Vetter, fuhr Spadini fort und wandte sich an seine Frau, war kürzlich in Ghibulla. Du hattest ihm den Schüssel unseres Jagdhauses gegeben.

Der Arme, sagte die Gräfin; dann hat er also die Hitze seines Hotelzimmers mit der Kühle von Ghibulla vertauscht!

Die Gräfin wußte, daß die Wachtel, der ihr Mann auf seinen Jagdzügen nachstellte, Rosa hieß und die Schwester des Bürgermeisters von Ghibulla war, eine hübsche, in Forli erzogene und trotz ihrer soliden Herkunft von den Sitten der Fremden infizierte Person. (Nur so, durch ausländische Infektion, konnte sich die Gräfin den Leichtsinn Rosas erklären.) Rosa war noch keine vierzig Jahre alt, trug immer Schwarz, was ihr sehr gut stand, und genoß im Schutz ihres kanonischen Alters und ihrer Witwenschaft jegliche Freiheit. Wenn Spadini in seinem offenen Lancia vorfuhr, um in ihrer Cafeteria eine Erfrischung zu sich zu nehmen, wurde er, als renommierter Gast, von der Bar in ein durch undurchsichtige Glasscheiben geschütztes Hinterzimmer genötigt. Das wußte man in Ravenna genausogut wie in Ghibulla, das heißt, beide Städte, mit Ausnahme der Angehörigen des Hauses Spadini, sprachen darüber. Es war der übliche Kleinstadtklatsch, und die Gräfin hatte sich längst entschlossen, ihn nicht zur Kenntnis zu nehmen. So war die Gouvernante die einzige Person in der ganzen Romagna, die sich mit ihren ideologischen Angriffen auf die Jagdleidenschaft des Grafen lächerlich machte. –

Spadini ging unter die Dusche, zog sich um und kam in einem dunkelblau gestreiften Anzug mit hellblauem Hemd und gestrickter Krawatte wieder zum Vorschein. Er sah nun so aus, wie man sich einen großen Herrn vorstellt, der er ja auch war und wie seine Frau ihn liebte, der im Vorstand der Hafengesellschaft, der Raffinerie, der landwirtschaftlichen Genossenschaft und der regionalen Versicherungskammer Sitz und Stimme hatte.

Gehen wir heute abend zu Renato? fragte er. Renato war ein beliebtes Speiselokal, nur zwei Minuten vom Palazzo Spadini entfernt und für Spezialitäten berühmt.

Ich habe disponiert, daß wir zu Hause essen, erwiderte sie.

Auch gut, sagte er, dann haben wir vielleicht Gelegenheit, unsere Tochter zu sehen – oder glaubst du, daß sie nicht herunterkommt?

Das kann man nie wissen, seufzte die Gräfin, du weißt, wenn sie keine Lust hat, kommt sie nicht.

Nun gut, sagte er, ich muß noch ins Büro und bin zum Essen zur Stelle.

Im Büro kam er zur Ruhe. Er beschäftigte sich weniger mit den Papieren als mit der Erinnerung an Rosa. Sie hatte ihn mit ihren großen Augen lächelnd angesehen, hatte sich als freundlich und willig erwiesen und dem Grafen beteuert, er habe sie sehr glücklich gemacht. Dabei war es nicht geblieben, denn ihr Entzücken gipfelte in dem ohne Zutun des Verstandes aus ihr hervorbrechenden Ruf: »Mamma mia! Mamma mia!« Spadini war stolz darauf, so stolz, daß seine Erinnerung lange dabei verweilte und alle Zweifel unterdrückte, ob er der einzige sei, der Rosa zu solch leidenschaftlichen Ausbrüchen verhalf.

8

Die Tage an der Marina glichen einander wie die Perlen
einer Kette. Aus dem Gleichmaß entstand für die Gäste ein Gefühl der Ruhe und Erholung. Schon am drit-
ten Tag war es den Lipperts, als seien sie seit Wochen
hier. Lippert kaufte morgens am Kiosk seine Zeitungen und hätte sich am liebsten auf der nächsten Bank
niedergelassen, sie zu lesen. Lisa forderte ihn nicht
zum Spaziergang auf. Es hätte kein besseres Mittel gegeben, ihn zum Widerstand zu reizen. Wenn sie aber
sagte: Ich würde gern bis zur Fischerkapelle spazieren,
in deren Windschatten gibt es wunderschöne Aus-
sichtsbänke, dann schob er die Zeitung in die Rocktasche und ging mit. –
Nach dem Mittagessen konnte man beobachten, daß
die Angestellten Tische und Stühle um den Swimmingpool aufstellten und an der rückwärtigen Hauswand
ein Büffet aufbauten. Am vielversprechendsten erschien den Gästen die Installation eines orgelartigen
Musikinstruments und das Befestigen von Drähten mit
bunten Lampen.
Auch das noch, sagte Lippert, wenn ich mich nicht
täusche, eine Hammondorgel. Meine armen Ohren!
Vielleicht wird es ganz nett. Sie machen große Vorbe-
reitungen. Ich bin neugierig, was die Damen anziehen
und ob die Herren es für wichtig und richtig halten,

wenigstens bei dieser Gelegenheit ein weißes Hemd anzuziehen.

Lippert lachte: Wenn *du* dich nur fein machst, Lisa, das ist die Hauptsache! Da kommen deine hübschen Kleider zur Wirkung.

Du vergißt, sagte sie, daß ein gutes Kleid in einer Gesellschaft von Männern, die womöglich Trainingsanzüge tragen, unangebracht ist. Nicht auszuschließen, daß unsere Landsleute auch bei solcher Gelegenheit in kurzen Hosen kommen. Alte Herren in kurzen Hosen kann ich nun mal nicht ausstehen.

Also bleiben wir lieber gleich weg, sagte Lippert.

Du vergißt, sagte Lisa, daß wir unsern neuen Bekannten eingeladen haben.

Ach ja, Herrn Pöring. Seine Mutter ist mit dem Grafen Spadini verwandt? Gehen wir also zum Fest, sagte Lippert, sich mehr gutmütig als einsichtig gebend. Lisa wußte, daß ihr Mann musikalisch äußerst empfindlich war. Zu Hause hätte er sich nie auf solch ein Fest eingelassen, aber im Urlaub ließ er manches durchgehen, was seinem Selbstgefühl widersprach. Schließlich gab es an der Marina so gut wie keine Unterhaltungen außer eben den Tanzabenden.

Ich werde bei dieser Gelegenheit meinen neuen Sommeranzug anziehen.

Ja, sagte sie, ich ziehe vielleicht das blaue Kleid an oder das apfelgrüne!?

Das ist mir gleich. Eine junge Frau sieht stets bezaubernd aus. Er küßte ihr die Hand.

Erwarten wir nicht zuviel, dann kann es recht hübsch werden. – Sie war froh, daß er guter Laune war.

Dann aber war sie so unvorsichtig, ihn zu erinnern,

daß der neue Anzug sehr dünn sei, ein Anzug, um in der Sonne spazierenzugehen, aber nicht warm genug, um während der einfallenden Nacht am Swimmingpool zu sitzen.

Sofort widersprach er: Weshalb habe ich den neuen Anzug gekauft, wenn ich ihn nicht bei solch einer Gelegenheit anziehe? Außerdem wird getanzt, und da kann man gar nicht leicht genug angezogen sein.

Ob du wirklich tanzt, ist doch die Frage, sagte sie.

Und ob ich tanze, habe ich mich je geweigert, mit dir zu tanzen!?

Beruhige dich doch, sagte Lisa.

Solche kleinen, an sich harmlosen Reibereien gab es oft zwischen den Lipperts, und auch heute endete es damit, daß er zur Zeitung griff und sich in die Unternehmungen der englischen Flotte im Atlantik vertiefte.

Lisa trank Tee, nahm Gebäck und rauchte eine Zigarette. Das erinnerte Lippert an sein Kontingent: Er rauchte täglich zehn Zigarillos oder Stumpen. Er zündete an und sagte genüßlich: Nummer fünf – da habe ich für heute noch fünf vor mir! (Die Beschränkung auf zehn Zigarillos am Tag gehörte zu seiner Urlaubsaskese.) Die Zeiteinteilung für diesen Genuß betrieb er mit philosophischem Humor: Je mehr ich rauche, desto geringer wird die Aussicht auf weiteren Genuß! So schmeichelte er seiner Willenskraft, denn wie jeder ältere Raucher war er stolz auf die Zahl der nicht gerauchten Stücke. Die Diffamierung des Rauchens hatte bei ihm eine Art von Minderwertigkeitskomplex erzeugt. Dieser wurde, um es analytisch auszudrücken, durch die Lust kompensiert, mit der er Rauchen und Nichtrauchen mathematisierte.

Lisa hatte das Fernglas genommen und suchte das Meer ab. Der Strand war leer, und das an der Adria als Flut bezeichnete nachmittägliche Anschwellen der Dünung unter dem Einfluß des regelmäßig einsetzenden Abendwinds von Osten nach Westen – diese Flut zeigte sich kurz vor dem Strand in einer Kette von winzigen Brechern mit weißem Schaum. Weiter auf See lagen Fischerboote, und noch weiter draußen glaubte Lisa das Bergungsschiff an seinen Aufbauten zu erkennen. »Ich glaube, sie kommen«, sagte sie. »Ich werde zum Strand gehen.« Ihr Mann nickte und fuhr in seiner Lektüre fort. Er fand das Interesse seiner Frau ziemlich kindisch, sah es aber, da sie dadurch abgelenkt wurde, aufgrund seiner Fürsorge für sie, in einem freundlichen Licht.

Sie ging ins Zimmer und wählte das grüne Kleid. Es war ihr aufgefallen, daß Pöring seine anerkennende Verbeugung auch wegen dieses Kleides gemacht hatte, und sie täuschte sich nicht. Die Farbe stand ihr gegen die Regel, daß Grün für ihren Teint gefährlich sei; aber sie harmonierte mit ihrer Pupille, und sie wußte, wie wichtig das war: In ihrer Pupille fanden sich Einsprengsel von Gelb und grün.

Es waren aber nicht das Kleid und schon gar nicht jene Einsprengsel in ihrer Pupille, die Pöring gefesselt hatten. Frauen, die das glauben, irren sich. Die Männer sehen etwas anderes als die Farbe eines Kleides oder des Auges. Es ist in der Tat so, daß die meisten Männer kaum wissen, welches Kleid ihre Frau oder ihre Freundin trägt, so wie es Männer gibt, die nach Jahren nicht wissen, daß ihre Frau eine Narbe am Hals hat, und höchst überrascht sind, wenn sie darauf aufmerksam gemacht werden, was bei den Frauen wiederum, aber fälschlicherweise, den Eindruck erweckt, der Mann sähe überhaupt nichts. In Wirklichkeit sieht der Mann Dinge, von denen die Frau nichts weiß. So hatte, erst halb unbewußt, dann aber ganz deutlich, Pöring in Lisas Augen einen bestimmten Ausdruck wahrgenommen, jenen Ausdruck der Leidenden oder Unglücklichen, und später, als er es ihr sagte, war sie davon überrascht; glaubte sie doch, wie viele lebhafte Frauen, die Männer schätzten sie wegen ihrer Munterkeit oder wegen ihrer Schönheit. Gleichzeitig hatte Pöring, durch das Betrachten so vieler nahezu identischer Bilder von Bischöfen, Märtyrern und Engeln auf den Mosaiken geschult, bemerkt, daß Lisas Gesicht (darauf beruhte sein Ausdruck) nicht gleichmäßig, sondern unsymmetrisch war und das linke Auge, hätte man eine waagerechte Linie über das rechte gezogen, etwa zwei Millimeter tiefer lag.

Der Ausdruck der Trauer, einer Verschleierung, erinnerte ihn an seine Mutter, die vom Leben enttäuscht gewesen war, und wenn ein Mann an einer Frau Merkmale seiner Mutter entdeckt, die durchaus auch negativ sein können, so ist eine der wichtigsten Voraussetzungen für das Entstehen von Liebe im Spiel. Die alte Frau von Pöring war groß und schlank, im Alter fast dürr gewesen. Diesen Zug teilte sie mit ihrer Kousine zweiten Grades, der Gräfin Spadini. Lisa war zierlich, aber nicht schlank. In diesem Punkt war sie das Gegenteil von Pörings Mutter, und Pöring bewunderte Lisa, wie er sich gestand, wegen ihres Busens: In diesem Fall entdeckte er bei Lisa etwas als positiv, was bei seiner Mutter negativ gewesen war. –

Als Lisa zum Strand kam, war Pöring nicht da. Sie war ein wenig enttäuscht und setzte sich auf die Bank. Hier unten sah man das Schiff nicht, aber es wurde erwartet, denn der niedrige Laster für die Bergungsstücke stand bereit. Sie saß in der Sonne, und da sie empfindlich gegen deren Strahlung war und seit ihrem Aufenthalt in den Tropen den Schatten zu suchen gelernt hatte, sah sie sich um. Eine schattige Stelle gab es in unmittelbarer Nähe nicht: Hunderte von Sonnenschirmen standen zwar dort, waren aber nicht aufgespannt. Deshalb ging Lisa über den Strand zurück zu einem Café und setzte sich auf dessen Terrasse. Sie war der einzige Gast, wenn man von ein paar Kindern absah, deren Väter oder Mütter im Innern des Cafés vor dem Fernseher saßen.

Eine Bedienung kam und fragte nach Lisas Wünschen. Sie bestellte ein Glas Sekt. Das gab Verwirrung im Kopf der hübsch gedrillten Bedienung; sie behauptete, keinen Sciampagna zu haben, sondern nur Asti spumante. No no, erwiderte Lisa mit einem so energischen Lächeln, daß die Bedienerin eine verständnisvolle Miene aufsetzte: Sie begriff, daß Schaumwein als Angebot nicht wirkte, und schlug ein Mischgetränk aus Brandy und Mineralwasser vor. Lisa stimmte zu; die junge Person, mit einer Schleife im Rücken ihrer Schürze, tänzelte davon und servierte das kühl beschlagene Glas mit einem Kassenbon über sechshundert Lire. (In der Saison war es dreimal so teuer.) Lisa kostete, es prickelte auf ihrer Zunge.

Auf dem Meer war ein Schiff, aber Lisa konnte ohne Glas nicht erkennen, ob es das erwartete war. Sie saß recht bequem in einem blechernen Sessel, und ihre Gedanken schweiften zurück. Sie rechnete, wie lange Pöring brauchen würde von Ravenna bis hier; es waren zwölf Kilometer; wenn er mit sechzig Kilometern führe – sie erschrak förmlich: dann müßte er in zwölf Minuten hier sein. Vorsichtshalber rechnete sie eine Verspätung von zwei oder drei Minuten mit ein, dann war es eine Viertelstunde. Er müßte also, wollte er pünktlich hier sein, jetzt abfahren . . . Sie schrak auf über die Sinnlosigkeit solcher Vorstellungen und erschrak noch mehr, daß sie sich nicht davon lösen konnte. Bis zum Beginn des Festes waren es noch zwei Stunden, und bis das Büfett verzehrt war und der Tanz begann, drei. Pöring müßte in diesem Augenblick aufbrechen, wenn er die Landung des Schiffes erleben wollte; doch wer sagte, daß er das wollte? Es war ein ganz neuer Schmerz, der Lisa durchdrang, über das Ausbleiben Pörings.

Wieder schrak sie auf. Das Schiff kam heran, ohne Zweifel das Bergungsschiff. Man erkannte den tief im Wasser liegenden Kahn mit der Steinfracht. Sie trank, zahlte und ging zum Strand.

9

Pöring war nicht zur Landestelle gekommen, aber abends war er fünf Minuten zu früh zur Stelle. Da er nicht wußte, ob seine Gastgeber pünktliche Leute waren, oder ob sie – und das hielt er für wahrscheinlich – das Zuspätkommen liebten, hatte er es für richtig gehalten, wie ein Soldat schon vor der angegebenen Uhrzeit in der Halle des Hotels zu erscheinen. Er versprach sich von solcher Pünktlichkeit einen besonderen Eindruck.

Hinter dieser Annahme steckte seine Nervosität. Er betrat die mit dem Geschmack der Glas- und Metallindustrie ausstaffierte Halle solcher Hotels ungern. Die Gala der Geschäftsleute war ihm ebenso fremd wie der Geschmack der Touristen. Gegenüber den Windhundprofilen der Gutentagsager und Portiers überkamen ihn Gefühle des Hochmuts. In italienischen Fremdenhotels hält man heute noch eine Meute von gut geschulten Schürzenträgern parat; sie sollen dem Gast das Gefühl geben, er sei, ob er es will oder nicht, in Obhut und stehe unter dem Schutz schier grenzenloser Gastfreiheit.

Einer dieser Bedienten, die besonders edel wirkten, trat mit der Miene eines Mannes auf ihn zu, von der man nicht weiß, ob sie, wie auf den Mosaiken vom Hof des Theoderich, einem Diplomaten oder Lakaien gehört. Pöring sagte, er sei von Herrn und Frau Lippert

eingeladen, worauf der Oberkellner, denn dieser war
es, ihn mit einer Gebärde hinweisender Behilflichkeit
durch die Halle zur Parktür geleitete. Der Swimmingpool lag in der Mitte eines nach italienischer Art gepfla-
sterten Gartens; dort standen Tische mit den Zimmer-
nummern. An der Hinterseite des Hotels war das Büfett aufgebaut, und jenseits der Wasserfläche stand das
elektronische Instrument, überragt von Stangen-Mi-
krophonen und einem Mast mit den Wimpeln europäi-
scher Nationen – ein Hinweis auf die Internationalität
des Unternehmens und die Vielsprachigkeit seiner Gäste.

Pöring war pünktlich gewesen, aber es zeigte sich, daß
der Tisch mit der Nummer neunzehn, zu dem der
Kellner ihn geleitete, leer war. Die Herrschaften würden bald kommen – mit diesem Trost ließ der Geleits-
mann ihn allein. Als Pöring die Augen schweifen ließ,
bemerkte er mit einem gewissen Schrecken, obgleich er
nicht unvorbereitet war, daß die größte Anzahl der
Plätze von älteren Damen eingenommen war. Sie tru-
gen, soweit er das beurteilen konnte, wertvolle Pelze
oder Shawls über den Kleidern, und an manchem Arm
sah er die breiten Goldarmbänder seiner Landsleute.
Mit ihren kunstvoll toupierten Haaren, deren Stich ins
Violette ging, wirkten sie wie Diamanten, die durch
den Schliff glänzender aber auch kleiner geworden
sind. Das sind also die Leute, unter denen die Lipperts
hier wohnen, sagte er sich. Natürlich ist die Zeit der
Familien mit Kindern vorbei, aber solch eine Ver-
sammlung hat etwas Trauriges. Lisa muß in dieser Gesellschaft auffallen, ob sie es will oder nicht.

Der Wahrheit die Ehre zu geben, fanden sich auch

Männer an den Tischen, und zwar ältere, die offenbar zu den Gästen gehörten, und jüngere, die vom Wirt bestellt waren, um den Damen als Tänzer zu dienen. Pöring kannte diese Sitte. Er wußte, daß sie zu allerhand Gerede Anlaß gab. Die berufsmäßigen Taugenichtse waren natürlich keine Signori; sie rechneten mit Trinkgeldern oder mit einer Einladung. Da es in Italien zahlreiche verborgene Einkunftquellen gibt und niemand etwas dabei findet, sie auszuschöpfen, gehören Figuren dieser Art zur touristischen Szene des Landes.

Ein Musikant ließ sich blicken; er machte sich an der Musikmaschine zu schaffen, regelte die Tastatur und ließ den Apparat in fiependen Tönen Probelaute von sich geben: Es konnte losgehen.

Dann kam das Ehepaar Lippert, er voraus mit schnellen Schritten und hinter ihm ein wenig zögernd seine Frau, offenbar empfindlich in bezug auf die Temperaturverhältnisse, sie trug einen Shawl über dem Kleid. Lippert entschuldigte sich bei Pöring, daß man den Gast habe warten lassen; es falle den Damen schwer, sich für angemessen und schicklich angezogen zu halten. Bei diesen Worten warf Lisa ihm einen Blick mit hochgezogenen Brauen zu. Der Getränkekellner eilte herab. Lippert bestellte eine Flasche Wein und ein helles Bier: Es sei ihm unmöglich, den Abend mit Wein zu beginnen. Pöring fand die Idee sehr gut, nahm auch ein Bier, und Lisa bat ihren Mann, einen Campari Soda zu bestellen, damit es nicht so aussähe, als ob sie allein hinter dem Tocai Friulano säße.

Ein vorzüglicher Wein, sagte Pöring. Die österreichische Herrschaft in Italien habe das Gute gehabt, daß sie dem Weinbau Norditaliens durch ungarische Reben einen Aufschwung gebracht habe. So erkläre sich die Bezeichnung Tocai auf den Etiketten. Das wahre Wesen der Dinge, sagte Pöring, steckt in ihrem Begriff, und darauf spielt das Wort Tocai an, denn für den Wein ist die Rebe entscheidend.

Lisa amüsierte sich und lachte: Das sagt nun ein Mann, der mir vorgestern erklärt hat, das Wesen der Dinge stecke im *Bild* . . .

Lippert nahm einen Schluck Bier. Es stand mit seiner Schaumkrone so verlockend vor ihm, daß er nicht widerstehen mochte: Ich hoffe, daß die Getränke gegenüber den Bildern und Begriffen ihr Recht bekommen!

Die Herren tranken, Lisa nippte an ihrem Glas.

Die musikalische Maschine war über der Tastatur mit Hörnern, Pfeifen, Zimbeln und Trommeln besteckt. Der Musiker spielte zu einer unterlegten Schallplatte. Der Teufel soll's holen, sagte Lippert, da hat man in seiner Jugend Klavierspielen gelernt, und nun führt der Mensch uns ein ganzes Orchester im Einmannbetrieb vor.

Er spielt nicht übel, sagte Lisa.

Übel, übel, schnaubte Lippert, da sollten sie gleich eine Platte laufen lassen!

Die Gäste verstanden das Potpourri als Aufforderung, zum Büfett zu gehen. Es bot den Gästen kalte und warme Speisen und eine Auswahl Leckerbissen italienischer Gaumenlust.

Lippert war am Tisch sitzengeblieben, so daß Lisa seinen und ihren Teller zu füllen hatte.

Nehmen Sie Sardinen auf Artischocken, sagte Pöring, der hinter ihr stand.

Sie blickte sich um, strahlte ihn an, lächelte, und er legte Löffel um Löffel kalte und warme Stücke Fisch und Fleisch auf beide Teller. Sie bemerkte nicht, was er hinlegte, sie blickte ihn nur an. Eine jähe Hoffnung machte sie wie blind für alles andere. Sie merkte nicht, daß er entsetzlich aufgeregt war, und Pöring seinerseits bemerkte die Werbung ihres auf ihn gerichteten Blicks, und so kam es, daß Lisa und Pöring im Gedränge der eßgierigen Damen gar nicht spürten, wie sie mit ihren Tellern den um sie herum sich schiebenden Frauen im Wege standen und wütende Blicke auf sich zogen. Pöring geleitete Lisa zurück. Er wollte sich setzen, doch erst jetzt sahen sie – und das gab natürlich Anlaß zum Lachen –, daß sein eigener Teller leer war; er hatte ihn zu füllen vergessen.

Er ging zum Büfett und stellte sich wieder in die Schlange. Wirklich ein netter Mensch, sagte Lippert zu seiner Frau. Er wollte essen. Sie mahnte: Du könntest doch warten, bis Herr Pöring am Tisch sitzt.

Er entschuldigte sich, lagte Messer und Gabel nieder, trank einen Schluck und warf, als ob er es erst jetzt bemerkte, einen Blick auf Lisas Kleid: Sehr hübsch, sagte er zu seiner Frau.

Er besaß einen naiven Charme, der sie ebenso verwirrte, wie er sie ärgerte, über den sie sich im klaren und der zugleich die Ursache ihres Mißvergnügens war. Die Natur hatte Lisa mit vielen Vorzügen ausgestattet, Vorzügen des Aussehens, der Munterkeit, der Anmut. Ihre Summe war das Substrat des Lippertschen Glücks. Zugleich aber hatte Lippert sich so sehr an die tägliche Anwesenheit dieses Glücks gewöhnt, daß er in den Augen Lisas den größten aller Fehler beging: daß

61

er es nur gelegentlich und allzu summarisch in Worte faßte. Sie war gereizt und sagte, ihn parodierend: Sehr hübsch, sehr hübsch – mehr weißt du nicht zu sagen!!

Er verstand immer noch nicht, was sie meinte, und wiederholte das Urteil: Sehr hübsch.

Das ist alles, was du zu sagen hast? Sie wollte fortfahren, doch in diesem Augenblick kam Pöring zurück. Sie stellte fest, daß er die gleichen Stücke geholt hatte, die er ihr auf die Teller gelegt hatte.

Sie sagte: Nun können wir anfangen. Es sind köstliche Sachen, und wenn man sieht, wie die großen Garnelen gekrümmt sind . . .

Scampi, sagte Pöring, das sind Scampi! Sie haben recht, gnädige Frau, Scampi sind im Grunde nichts anderes als in den Meeren des Südens hypertrophierte Garnelen.

Lisa mußte lachen: Gibt es nicht in den Mosaikböden der byzantinischen Zeit Garnelen?

Pöring stutzte: Garnelen? nein, ich glaube nicht – oder vielleicht doch, zumal nicht alle Tiere, die dort erscheinen, naturwissenschaftlich bestimmbar sind.

Lisa freute sich, Pörings Gelehrtheit hinsichtlich der Garnelen auf das Meer der Bildersprache gelockt zu haben, wo alles unsicher und vieldeutig ist. –

Die Musikbox machte jetzt rhythmischen Lärm. Die Damen wiegten sich auf den Stühlen, und die ersten Paare begannen am Rand des Swimmingpools einen Walzer.

Möchtest du tanzen, fragte Lippert seine Frau.

Wenn wir ein wenig Selbstachtung haben, antwortete sie, warten wir ein wenig. Daß man hier Walzer spielt, hätte ich nicht erwartet.

Es ist ein Zugeständnis, sagte Pöring, an die Fremden. Italien meint, der Walzer sei für die Gäste aus dem Norden das Höchste.

Lisa kam ein Gedanke. Er streifte nur flüchtig ihr Bewußtsein und trieb sozusagen ohne Ballast vorüber. Solche Ideen hält unser Gehirn zu Tausenden bereit, und man weiß nie, ob sie sich festhaken und unser Interesse wecken, oder ob sie durch einen Windstoß höherer Gefühle mit unsern Leidenschaften verbunden werden. Jedenfalls überkam Lisa der Wunsch, Pöring möge sie zum Tanz auffordern, aber das ging wohl erst, nachdem sie mit ihrem Mann getanzt hatte: Pöring würde sie nie zum Tanzen auffordern, solange nicht Lippert sein Recht wahrgenommen hatte. Lippert tanzte ungern. Das wußte sie. Ihr strahlender Blick fiel auf Pöring, als dieser eben die letzte der Riesengarnelen auf die Gabel spießte.

Es war dunkel geworden, und die Beleuchtung wirkte mit Glühbirnen, rot, gelb, grün und orangenfarbig an den Girlanden, wie eine Verfremdung und Verstörung der südlichen Nacht. Der heulende Klang der Hammondorgel war dazu geeignet und angetan, daß auch Pöring die Brauen hochzog – eine Bewegung, die freilich ganz auf seine persönliche Abneigung gegen derartige Unterhaltung zugeschnitten war, während die Damen an den Tischen ihre Körper fast unzüchtig wiegten. Plötzlich ging das Heulen in Rhythmen über. Lisa nötigte ihren Mann zu einem gravitätischen Tanz; so ist es, wenn man das verliebte Zeitalter hinter sich hat.

Lisa trug ein durch Schleifen auf den Schultern veredeltes Strandkleid, jedenfalls hielt Pöring es dafür. Die Träger waren auf den Achseln verknotet, und da sie bei aller Zierlichkeit einen kompakten Körper hatte, stellte seine Neugier fest, daß sie, wenn sie stand (als die Musik schwieg) aussah wie ein von Raffael gemalter Engel. Diese Engel stehen unbeweglich mit erhobenen Händen da, eine Trompete vor dem Mund, und obgleich das Oberteil des Kleides unter den Hüften gerafft ist und das Unterteil glockenförmig herabfällt, wirken sie wie eine im Rücken gebogene Säule: Man weiß, daß Raffael Mädchen aus einem nicht immer einwandfreien Milieu als Modelle gebrauchte.

Der Orchesterschrank gab rasselnde Mißtöne von sich. Das hieß: Der Tanz ist zu Ende, geht an eure Plätze! Der Bediener des Instrumentariums stand auf, ging zum Büfett, wählte Speisen und begann seinen Magen vollzuschlagen. Ein Kellner servierte ihm Rotwein.

Pöring hatte eine Neigung, Analogien zwischen lebenden Personen und Figuren in den Museen zu suchen, wobei ihm bewußt blieb, daß die Verschiedenheit zwischen einer lebenden Frau und einem gemalten Engel größer ist als ihre Ähnlichkeit.

Sie sehen aus, gnädige Frau, sagte er, als die Lipperts zum Tisch zurückkamen, wie ein Engel von Raffael. Ihr Kleid hat die Tönung eines Türkises, die ich bisher nur dort gesehen habe.

Siehst du, Georg, sagte Lisa zu ihrem Mann, Herr von Pöring vergleicht mein Kleid mit einem Engelsgewand, während du es nur ganz nett gefunden hast.

Lippert lachte. Er fand den Vergleich seiner Frau mit einem Engel auch für seine Person unwiderstehlich.

Deshalb hab' ich sie ja geheiratet, sagte er.

Lisa antwortete: Das höre ich zum erstenmal!

Ich habe es vielleicht nicht gesagt, erwiderte Lippert so

vorsichtig wie höflich, aber ich hatte jenes Gefühl, dem Herr von Pöring in seinem Vergleich Ausdruck gegeben hat.

Nach dem Essen war man zum Wein übergegangen. Die Zungen bestätigten Pörings Lob des friulanischen Tokaiers.

Lisa suchte zu ergründen, welchen Eindruck ihre Zustimmung auf Pöring machte. Doch jetzt ließ der Musikant, der sich leiblich gestärkt hatte, die Fontäne im Schwimmbad springen, leuchtete sie zum Entzücken aller Damen bunt an und spielte einen Tango.

Lippert ermunterte Pöring: Auch Engel können tanzen! Zwanzig Sekunden später hielt Pöring Lisa im Arm.

Die Tanzfläche lag jenseits des Swimmingpools. Der Boden war marmoriert und mit Wachs bestrichen. Für die Stöckelschuhe der Damen gab es Momente von Glätte, weil sich das Wachs nicht hatte verreiben lassen.

Die Tanzfläche hatte sich gefüllt. Man konnte den Platz nicht für umeinander und aufeinander zu und voneinander weg sich bewegende Duette nutzen, wie der moderne Tanz sie liebt. Pöring und Lisa tanzten nach der älteren Art, wo man sich umfaßt. Lisa bot sich ihm mit einer Art Wollust dar, das spürte er gleich, und in einem unbeobachteten Moment hinter dem Schleier der Wasser- und Lichtfontäne zog er sie an sich und ließ sie gleich wieder los. Erstaunender Aufblick und ein Lächeln; er wußte nicht, welche Worte dafür anzuwenden wären. Man brauchte sie auch nicht, die Worte, obwohl es wahr ist, daß eine Wahrnehmung ohne Worte nur halb ist.

Sie sagte, er sei ein guter Tänzer. Aber das waren natürlich nicht die Worte der Wahrnehmung dessen, was sie erschrocken gespürt hatte.

Er sagte, er habe keine Übung.

Doch, doch, sagte sie, was man einmal kann, das kann man, zum Beispiel radfahren oder schwimmen.

Das mag sein, sagte er, und blickte, da er größer war, auf ihr Gesicht nieder und bemerkte die Goldkörneraugen unter sich. Zierlich kräftig wie sie war, lag sie in seinen Arm geschmiegt. Als er eine Tanzfigur benutzte, um sie rückwärts zu schwingen, so daß er und sie fast nebeneinander eingehakt zurücktraten, bemerkte er die Achselschleife ihres Kleides und die nackte Schulter. Ein kleines Schmuckstück, das einzige, das Lisa trug, saß wie eine Fliege aus Gold auf ihrer Brust. Mein Gott, dachte er, welch eine Frau! Und dann drückte er sie im Zuge einer neuen Tanzfigur an sich; sie mußte spüren, daß er sich im Zustand sinnlicher Erregung befand. Soll sie es merken, dachte er, und fühlte bei ihr einen Zustand holden Sichgebens, das durch ihre auf sein Gesicht gerichteten Augen und die helle Stimme kaschiert wurde: Sie tanzen wirklich gut! – Es war ein nichtssagender Satz. Pöring war kein guter Tänzer, er wußte es, aber daß die Frau ihm in diesem Augenblick solch ein Kompliment zukommen ließ, machte ihn wehrlos. Sie wußten beide nicht, wie lange dieser Tango gedauert hatte. Später, als sie darüber sprechen konnten, meinten sie, es sei eine Ewigkeit gewesen.

Der Tanz hörte mit ein paar ächzenden Signalen der Musikmaschine auf.

10

Als sie zurückkamen, fanden sie Lippert über der Lektüre eines Zeitungsblattes. Wenn ich mir erlauben darf, sagte er, ein paar nautische Überlegungen zum Kurs der englischen Flotte zum besten zu geben, so führt er von Portsmouth ausgehend an den Kanarischen Inseln vorbei nach Madeira. Ich sehe keine Möglichkeit, die Schiffe aufzutanken, denn Spanien und Portugal stehen auf seiten der Argentinier. Erst Ascension ist britisch-amerikanischer Flottenstützpunkt. Man müßte längst gehört haben, daß die Flotte dort ist. Ascension hat einen tiefen Hafen, und außer den Nachrichtenstationen gibt es dort Ölbunker. Die Insel hat ein herrliches Klima, es ist für das Expeditionskorps das letztemal, daß es warmes Wasser hat. Ich habe dort gebadet, stellen Sie sich vor, um diese Jahreszeit, im Oktober! Auf Ascension? wunderte sich Pöring und warf ihm einen halb staunenden, halb ironischen Blick zu.
Du hast mir nie davon erzählt, sagte Lisa.
Damals warst du noch ein Schulmädchen, fuhr Lippert fort, ich hatte geglaubt, daß man dort Öl finden könnte, und glaube es eigentlich heute noch. Wenn nur das Meer nicht so tief und die Insel nicht von einer starken Brandung umspült wäre. Rein geologisch, nach Lage des Gesteins, und wenn man an bestimmten Stellen eine Bohrung niederbringen könnte, würde man dort genau so fündig werden wie in der Nordsee.

Wäre es nicht möglich, sagte Pöring, daß die Flotte Ascension längst passiert hat und man nur aus Geheimhaltungsgründen die Öffentlichkeit nicht informiert?

Lippert war von diesem Gedanken wie berauscht. Er schlug sich vor den Kopf: Wenn es so wäre, haha! Den Briten ist zuzutrauen, daß sie es wagen, der Weltpresse und den Medien ein Schnippchen zu schlagen! Sie wissen, wie man in solchen Fällen verfahren muß, sie haben nicht unser ewig schlechtes Gewissen, ob sie im Recht sind.

Es könnte sein, sagte Pöring und ging auf Lipperts Gedankengang ein, daß die Argentinier auf das Erscheinen der englischen Flotte warten, um sie vor die Torpedos ihrer U-Boote zu bekommen. Sie haben ganze Regimenter auf die Falklands geschafft.

Die armen Burschen, sagte Lisa, kommen aus einem herrlichen Land auf eine Insel, wo es nur Schafe gibt.

Nur Schafe? Pöring wollte Lisa zum Reden bringen; diese Stimme, dachte er, möchte ich immer hören.

Beachten Sie den Zusammenhang, sagte Lippert, es handelt sich nicht um den berühmten Nordsüdkonflikt oder um einen Gegensatz germanischer und romanischer Völker, sondern um das Modell des Widerstands einer demokratischen Macht gegen diktatorische Anmaßung. Nirgendwo wird man die Armada eifriger beobachten als im Kreml! Man muß sehen, daß es eine Grenze für die Geduld gibt . . .

Nun höre doch auf, sagte Lisa; sie konnte die Suada ihres Mannes aber nicht aufhalten. Er ging zu meteorologischen Betrachtungen über; dort unten stehe der Winter vor der Tür, es werde sich zeigen, wem dies Wetter mehr zusetze. Ewig könnten die Argentinier nicht bei trübem Wetter und schlechter Sicht auf die Flotte warten, und trotzdem, sage ich Ihnen, werden die Engländer sie von den Falklands vertreiben, und das innerhalb kurzer Zeit, indem sie . . .

Genug, sagte Lisa, genug! Hör bloß auf! Sie schien eine Art Lachkrampf zu bekommen, der sie schüttelte.

Lippert aber, durch den Beifall seiner Zuhörer inspiriert, ließ sich nicht aufhalten, das Schlachtengemälde weiter auszuführen: Auf den Falklands gibt es frische Luft und viel Zeit. Es gibt keine Äcker, Felder und Wälder, sondern Ödland, wie wir es von Island und Spitzbergen kennen. Stellen Sie sich vor, Sie sollten auf Spitzbergen Krieg führen!

Hör auf, rief Lisa, vor Lachen fast erstickt, daß ihr die Tränen kamen. Sie nahm ein Taschentuch und tupfte sich die Augen.

Lippert hörte auf, er schaute triumphierend in die Runde. Man war an den Tischen in der Umgebung aufmerksam geworden und hatte sich über seine Begeisterung amüsiert. Bravo, riefen zwei Herren, und einige Damen waren in Versuchung, Lippert zuzuprosten.

Sehn Sie, sagte Lisa zu Pöring, so was versteht er, davon lebt er geradezu; er braucht ein Publikum! Sie glauben nicht, wie brummig er sein kann, wenn er mit mir allein ist.

Lippert hatte diesen Satz nicht gehört. Er sah sich um und heimste freundlich lächelnd rundum Anerkennung ein.

Jetzt ist er glücklich, sagte Lisa.

Pöring wußte nicht, was er sagen sollte. Zum Glück setzte in diesem Augenblick die Musik ein. Lisa warf ihm einen Blick zu und sagte: Gehn wir tanzen? Der

Mann bringt uns noch um durch seine Begeisterung für den Falklandkrieg.

So ließen sie den Ingenieur allein am Tisch. Er ließ den Südatlantik sich auf der Netzhaut seiner Einbildungskraft mit weitauseinandergezogenen Schiffen und den geheimnisvollen Unterwasserkiellinien der vom Radar gesuchten Nuklearboote spiegeln.

Eine der merkwürdigsten Erfindungen unserer Traumspiele ist die Übertragung von Zahlenverhältnissen. Lippert zählte die Schiffe, indem sein Auge an einem Tellerstapel auf dem Büfett hängenblieb. Es mochten fünfzehn oder zwanzig Teller sein; sie standen unabgeholt dort, und Lipperts kurzsichtige Augen versuchten arithmetische Gewißheit über ihre Zahl zu erlangen – nicht anders wie jene am Himmel fliegenden, schon halb außerirdischen Beobachtungssatelliten der Großmächte über den Flottenaufmarsch der Briten.

Die Damen der Hotelgesellschaft beobachteten Lippert und hofften, er werde den Blick ihnen zuwenden; sie hofften, er werde sie zum Tanz auffordern. Lippert ahnte nichts von dieser Gefahr, die größer war als die Bedrohung der Flotte durch feindliche U-Boote. Die richtige Kompaßzahl müßten sie haben, dachte er, und wendete den Blick nach innen. Der Tellerstapel gewann und verlor nichts durch den Versuch einer Zählung. So wie wir eine Frau nicht lieben, weil sie schön ist, sondern sie schön finden, weil wir sie lieben, drehte sich Lipperts Gedankenwelt von der Gegenwart zur Ferne um.

Dabei wurde ihm heiß im Kopf; er suchte nach seinem Taschentuch. Es war eine seiner Angewohnheiten, daß er mit der rechten Hand, wenn er sich unbeobachtet glaubte, auf den Tisch zu trommeln begann. Das war keineswegs eine kriegerisch-musikalische Gebärde, sondern ein Ausbruch seiner Unruhe, die von den hochgespannten Erwartungen ausging, wie er sie in die britische Armada setzte. Als er nun, in der Hitze des Gefechts, sein Taschentuch aus der Rocktasche ziehen wollte, entdeckte er, daß diese Tasche nichts enthielt außer einer Streichholzschachtel, und er schloß daraus, daß sich das Taschentuch in der andern, der rechten Tasche, befinden müsse. Das festzustellen wäre ohne weiteres, ohne Verzerrung eines Muskels und ohne unschöne Gebärden möglich gewesen, wenn er dazu die rechte Hand benutzt hätte. Aber die Rechte trommelte, ihm selbst unbewußt, so nervös auf dem Tisch herum, als stünde er auf der Kommandobrücke der Queen Elizabeth und warte auf Torpedos.

Das was er nun tat, zerstörte weitgehend seinen Nimbus bei den Damen: Er griff mit der linken Hand quer vor seinem Körper her in die rechte Tasche. Die Tasche saß sehr tief, oder das Taschentuch war so tief in der Tasche, daß Lippert bei seinem Versuch, in der Diagonale über seinen Bauch in die entgegengesetzte Tasche zu greifen, nicht zurechtkam. Er stutzte, erwachte, hörte auf zu trommeln und griff dann mit der rechten Hand in die rechte Tasche – was ohne jede Mühe gelang. Über diesem Manöver hatte er aber vergessen, was er mit dem Taschentuch wollte. Er gab es in die linke Hand, ließ es durch diese in die linke Tasche stecken und nahm die Trommelei wieder auf. Sie versetzte ihn augenblicklich in den Zwang, die aufgestapelten Teller noch einmal zu zählen.

11

Als Lisa und Pöring zur Tanzfläche gekommen waren, überfiel sie ein Taumel. Das hing mit einem in diesem Augenblick einsetzenden langsamen Walzer zusammen. Pöring hätte sich unter andern Umständen von den akustischen und optischen Vorrichtungen der Veranstaltung abgestoßen gefühlt. Die Farbspiele der sich drehenden Lichter hätte er als knabenhaften Jux abgetan. Jetzt aber war er verwandelt, so daß er Gründe fand, das alles passend und herrlich zu finden – nur weil es ihm Gelegenheit bot, Lisa im Arm zu halten.

Unser Körper dringt bei einem erotischen Tanz zu unserer Seele hinauf, so wie sich die Seele zum Körper hinunterbegibt, so daß eine Art Zwischenzustand eintritt: Der Körper scheint zu schweben, und die Seele nähert sich der Materie, wobei zu bedenken ist, daß die Trennung von Körper und Seele ohnehin ein Irrtum der Philosophen ist. Unser Bewußtsein weitet sich in tiefere Zonen hinein und vermittelt uns den Gedanken einer paradiesischen Zugehörigkeit.

Lisa sah zu ihm auf. Sie mußte ähnliches empfinden, und nur um sich und ihn äußerlich abzulenken – denn sie meinte, alle Welt sei Zeuge ihrer Gefühle –, sagte sie: Ist Lippert nicht amüsant? Ist so viel Begeisterungsfähigkeit nicht sehr selten?

Pöring ging nicht gleich darauf ein, er spürte einen Anflug von Ärger, daß Lisa in diesem Augenblick nichts anderes zu sagen wußte. Als er aber ihr Gesicht sah, wie sie es zu ihm aufgehoben hatte, vorsichtig lächelnd, da nahm seine Verwirrung unter dem Ansturm von so viel Weiblichkeit zu. Ihre Schultern schien ihm, schimmerten unter dem Licht der bunten Lampen wie Marmor, und der schmiegsame Stoff des Kleides hob ihre Anmut hervor. So sagte er, um überhaupt etwas zu sagen: Die Begeisterungsfähigkeit Ihres Mannes hat etwas Ansteckendes, auch wenn sie rein politischer Art ist. Einen Augenblick stutzte, doch dann antwortete sie: Sie haben es verstanden; manche nehmen ihm den Überschwang übel.

In der wiegenden Bewegung des Tanzes fühlte Pöring eine Möglichkeit des Rausches und des inneren Besitzes der Frau, so daß ihm der Gedanke, Lisa könne mit einem andern Mann je so wie mit ihm getanzt haben, unmöglich erschien: Bei jeder Drehung wuchsen sie inniger zusammen. Er sagte: Wie kann man eine andere Frau ansehen, wenn man Sie bei sich hat?

Dieser Satz wirkte auf Lisa wie ein schmeichelnder Wind. Sie war empfänglich dafür, weil ihr Bedürfnis nach Liebe ungestillt war. Sie erschrak freilich vor sich selber. Die beiden waren Lipperts Blicken jetzt durch die Masse der Tanzenden entzogen. Pöring blickte Lisa an, ihre Augen trafen sich. Jener Schwebezustand der sich berührenden Körper war auf dem Höhepunkt.

Er legte, wie die jungen Leute es seinerzeit getan hatten, die Hände an Lisas Seiten, und ohne es eigentlich gewollt zu haben, obwohl es natürlich war, gerieten seine Daumen unter den Ansatz ihrer Brüste. Auf ihren Wangen nahm er rosige Flecken wahr. Sie wehrte sich nicht. Als er sie losließ und ihrem Körper eine Drehung zu geben suchte, wie es bei dieser Art von Tänzen möglich ist, damit man die Partnerin mit dem andern Arm wieder auffängt, legte er, genau vor den im Prisma der steigenden Wassersäule sich brechenden Lichtern, die Hand um ihre Brust.

Es war nur ein Augenblick, aber er schien beiden eine Ewigkeit zu dauern; später nannten sie ihn den Beginn ihrer Liebe: Auf der Stelle liebten sie sich, denn es war nicht so, wie es häufig ist, daß Pöring sie herausfordern oder versuchen wollte und sie, die Frau, dann entweder mit Ärger oder Verachtung reagierte, sondern umgekehrt: In diesem Augenblick wußten beide, daß sie einander gehörten.

Der Tanz war zu Ende, jedenfalls entstand eine Pause, und während die andern Paare auf die Fortsetzung warteten, gingen Lisa und Pöring um das Schwimmbecken zum Tisch zurück, er hinter ihr; er fand Lisa, in dem leicht wehenden Duft des Parfums, geradezu berückend. –

Lippert war aus dem politischen Traum erwacht. Eben setzte die Musik wieder ein, und die Paare begannen wieder zu tanzen.

Schon zurück? fragte Lippert, der Tanz ist noch nicht zu Ende! Geht es dir nicht gut?

Er blickte seine Frau mit einem Anflug von Sorge an. Auch er bemerkte die Flecken auf ihren Wangen, hielt sie aber für Zeichen eines Unwohlseins. Trink einen Schluck, sagte er, und ruhe dich aus! Dann wandte er sich entschuldigend an Pöring: Meine Frau ist das Tanzen nicht gewöhnt, und diese Umgebung . . .

Lisa schloß die Augen. Pöring bemerkte, wie der Ingenieur die scheinbar Ruhende beobachtete. Die Teilnahme wirkte echt und hätte Pöring für Lippert einnehmen können, wenn nicht ein Ausdruck von Ungeduld und Unzufriedenheit die Wirkung gemindert hätte. Er ist besorgt um sie, dachte Pöring, weshalb die Frau recht gern die Leidende spielt. Da sie viel jünger ist, muß er die Frau unter besonderen Umständen und vielleicht unter Opfern gewonnen haben.

Nach einer Weile hatte sich Lisa erholt. Sie sah auf die Wasser- und Lichtspiele und verfolgte mit ihren Blikken das eine oder andere Paar beim Tanzen.

Du sagst nichts, Lisa?

Man sieht fast nichts von den Tanzenden. Ich wundere mich, wie dicht der Lichtschleier ist, den die Fontäne auszubreiten scheint.

Du hast recht, sagte er, man erkennt die Paare kaum. Ich muß allerdings sagen, daß ich nicht achtgegeben habe.

Sie lächelte Pöring zu, und da Lippert froh zu sein schien, daß sie sich erholt hatte, fragte Pöring ihn, ob er noch einmal mit seiner Frau tanzen dürfe.

Ich freue mich, wenn Sie mit ihr tanzen. Welche Frau tanzt nicht gern! Er steckte ein Zigarillo an und ließ seine Augen umherschweifen, als ob er Pöring und seine Frau nicht mehr zur Kenntnis nähme.

Wieder tanzten sie, wieder gab es die gleichen Bewegungen und Gefühle. Da sie jetzt wußten, wie wenig Lippert sie sah, suchten sie nicht einmal Deckung durch andere Tänzer. Sie tanzten umschlungen wie ein Liebespaar; aber es war Pöring zumute, als wolle Lisa verbergen, was sie empfand.

Was würde Ihr Mann dazu sagen? fragte er.

Er ist kurzsichtig. Aber sehen Sie nur, was er jetzt tut: Er unterhält die Damen, und da ist er sich seiner Wirkung gewiß!

Tatsächlich hatte sich Lippert, kaum hatten Lisa und Pöring seinen Tisch verlassen, auf seinem Stuhl herumgedreht und zwei Damen angesprochen, die ihm vorhin zugehört hatten. Indem sie die gespielte Fremdheit überwanden, schienen sie von Lippert fasziniert zu sein. –

Jetzt hat er seine Unterhaltung, sagte Lisa; das ist das Gute an ihm, er kennt keinen Zweifel an sich, und wenn eine Frau das merkt, faßt sie Mut und Vertrauen.

Während sie das sagte, blickte sie zu Pöring auf. Anscheinend erwartete sie, daß er etwas sage. Er dachte aber, daß Lisa der Anziehung dieses Mannes einst selbst erlegen sein mußte. Sie kannte seine Wirkung, aber sie hatte sich davon befreit. Er fragte, ob sie Kinder hätten.

Nein, antwortete sie, mein Mann wollte keine Kinder; er meinte, es sei unverantwortlich, Kinder in die Welt zu setzen.

Aber Sie, Lisa, Sie! Eine Frau wie Sie und keine Kinder!? Haben Sie keine gewollt?

Bei dem Leben, das wir führten, immer unterwegs, war es vielleicht besser so.

Und Sie haben es so gewollt? Sie blickte ihn an und schwieg. Er wagte nicht weiter zu fragen. Sie aber wollte wissen, weshalb er sich erkundigt habe.

Eine Frau wie Sie, sagte er . . . Er hielt ein.

Sprechen Sie zu Ende! Bitte, sprechen Sie zu Ende!

Ich kann es mir nicht vorstellen. Sie sind keine Dame,

der man Kußhände zuwirft und mit der man Konversation macht.

Sondern? fragte sie.

Sie sind eine leidenschaftliche Natur. Weiß Ihr Mann
das nicht?

Er liebt mich, aber ob er diese Seite meiner Natur,
wenn ich sie besitze, kennt, weiß ich nicht.

Der Tanz war zu Ende, sie gingen zurück, und sofort
brach Lippert sein Gespräch mit den Damen am Nach-
bartisch ab.

12

Pöring hatte das Gespräch mit Lisa sehr bewegt: Ich habe vernommen, was ich nicht erwartet hatte. In Lisa ist eine Glut, die nicht zum Vorschein kommt, vielleicht ein Schuldbewußtsein, auf jeden Fall Enttäuschung. Wie verträgt sich damit, daß sie freundlich und mit Verständnis von ihrem Mann spricht?

Lippert gab sich aufgeräumt: Ich habe mich soeben mit den Tischnachbarinnen unterhalten und wissen Sie, was herausgekommen ist? Sie möchten einen Ausflug nach Venedig machen, trauen sich aber nicht, allein zu fahren.

Und da hast du dich, wie ich dich kenne, angeboten? sagte Lisa.

Nicht gerade angeboten. Ich habe Verständnis gezeigt und mich bereit erklärt – natürlich mit deiner Zustimmung –, den Reiseführer zu machen.

Und den Chauffeur, wenn ich dich recht verstehe.

Das auch.

Es ist mir unmöglich, mit fremden Damen nach Venedig zu fahren. Du kannst den Ausflug aber gern unternehmen. Er läßt sich ja wohl in einem Tag bewältigen?

Ich bin dir dankbar, Lisa, bin dir wirklich dankbar! Vielleicht kann Herr von Pöring sich deiner etwas annehmen und dir die Bischöfe an den Kirchenwänden erklären – haha! Er lachte, als habe er einen Witz gemacht.

Lisa ließ das Thema fallen. Sie schien verstimmt zu sein und sagte:
Ich bin abgespannt, Georg, und dir geht die Musik auf die Nerven. Wollen wir nicht gehen?
Möchtest du, daß wir hinaufgehen? Die Musik stört unsere Unterhaltung. Vielleicht geht unser Gast mit uns? Das Appartement ist bequem. Wir haben vom Balkon einen Blick über das Meer.
Es stellte sich heraus, daß es sich um ein Appartement von zwei Räumen handelte. In jedem stand ein Bett, ferner gab es ein Entree und ein Bad. Der Balkon mit Tisch, Sesseln und Vorhängen war eher eine Veranda zu nennen, wo man zu jeder Tages- und Nachtzeit ungestört sitzen konnte. Der Blick auf das Meer war hier oben, im sechsten oder siebten Stock, unvergleichlich großartiger als vom Strand und der Hotelterrasse aus. Mit dem Fernglas könnte man in klaren Nächten die Leuchtfeuer von Pula an der Südspitze Istriens erkennen, es klingt unglaublich, ist aber wahr, sagte Lippert, wenn man nämlich bedenkt, daß 150 Kilometer Entfernung, rechnet man die Erdkrümmung ein, in einer Höhe von dreißig Metern über Null bereits eine Fernsicht von 90 Kilometern erlaubt, und wenn der dortige Leuchtturm 60 Meter hoch ist . . .
Seine Frau unterbrach ihn: Deine wissenschaftlichen Vorträge in Ehren, Georg, aber heute bist du der einzige gewesen, der geredet hat; unser Gast hatte nicht die geringste Gelegenheit, von sich zu sprechen. Ich meine natürlich nicht seine Beschäftigung mit den Fresken von Ravenna und die Identifizierung der endlosen Reihen von Bischöfen und Heiligen, sondern seine per-

sönlichen Umstände. Wir wissen nicht einmal, wo Sie herkommen.

Da gibt es nicht viel zu berichten, gnädige Frau, sagte Pöring, und ich kann mich schon gar nicht rühmen, meine Jahre in fernen Erd- und Meeresgegenden zugebracht zu haben. Sie werden es vielleicht unglaublich finden: Das hier vor uns liegende Adriatische Meer ist für Sie eine kleine Bucht, eine Art Spielzeug, wo man in klaren Nächten die Leuchttürme an den Fingern seiner Hände abzählen kann. Dort ganz links sehe ich ein Blinkfeuer. Ist das Chioggia oder Venedig?

Venedig ist von hier nicht zu sehen, erwiderte Lippert, es muß Chioggia sein.

Nun gut, Chioggia also, und doch gebe ich, um es offen zu gestehen, für einen Abend wie diesen am Adriatischen Meer sämtliche Ozeane der nördlichen und südlichen Erdhalbkugel hin. Es ist verständlich, Herr Lippert, daß ein Mann wie Sie, der im Auftrag großer Firmen in Geschäften reist, die Erde kennenlernt; aber für sogenannte Vergnügungsweltreisen oder einen Urlaub in Ozeanien und auf den Malediven habe ich nichts übrig. Ich glaube mich kaum zu irren, daß ein Abend am Adriatischen Meer uns ruhiger und fröhlicher macht als ein Flottenunternehmen von weltgeschichtlicher Bedeutung. Ich pflege zu sagen, wenn man mich fragt, wohin ich reise: Für den Deutschen liegt Italien vor der Tür, und es ist, man mag es ansehen wie man will, das schönste Land der Erde.

Sie sprechen mit viel Wärme von Italien, sagte Lisa, aber Sie haben doch sicher Angehörige in Deutschland?

Pöring lachte: Wer hätte keine Angehörigen daheim!

Mein Vater ist tot, aber meine Mutter lebt und ist sehr begierig nicht so sehr auf das, was ich hier treibe, sondern auf meine Berichte über die Familie ihrer Kusine, die Spadinis. Die leben hier in Ravenna . . .

Lisa schwieg. Das Temperament, mit dem Pöring von seiner Familie sprach, tat ihr weh, obgleich sie selbst ihn dazu herausgefordert hatte. Sie war als Frau genügend verwöhnt, um sich durch das Hervorkehren verwandtschaftlicher Herzlichkeit, in diesem Augenblick und wo er an ihrer Seite saß, wenig geschmeichelt zu fühlen.

Pöring ahnte nichts davon und verstand Lisas Schweigen als Aufforderung, weiterzusprechen: Die Gräfin Spadini ist jünger als meine Mutter, sie könnte meine Kusine und ihre Tochter meine Nichte sein.

Und wie heißt die Tochter?

Galla.

Das ist kein schöner Name. Ich hoffe, er hat nichts mit Galle zu tun?

Oder mit den Galla in Abessinien, einem Viehzüchtervolk, warf Lippert ein.

Weder das eine noch das andere. Die berühmteste Galla ist jene Placidia, die Tochter des Kaisers Theodosius I., deren Mausoleum in Ravenna Sie ansehen sollten. Der Name Galla geht auf die Tochter des Patriziers Symmachus in Rom zurück. Sie mußte einen älteren Mann heiraten, der sie nach einem Jahr als Witwe zurückließ. Da sie sehr schön war und von feuriger Leibesbeschaffenheit, wie die Legende das nennt, und den Nachstellungen der Männer entgehen wollte, wünschte sie sich eine Entstellung und bekam sie in Gestalt eines widernatürlichen Bartes.

81

Das ist ja gräßlich, sagte Lisa. Ich habe fast schon genug von Ihren Familiengeschichten! Hatte ich nicht recht, als der Name Galla mir nicht gefiel?

Mein Gott, Namen sucht man sich ebensowenig selbst aus wie Erlebnisse und Begegnungen mit Menschen. – Pöring merkte, daß er vielleicht zu weit gegangen war und benutzte einen Ausruf Lipperts, auf das Meer zu sehen, wo ein Schiff mit hellen Lichtern in den Hafen bugsiert wurde. Es muß die Fähre von Ancona sein, sagte Lippert, immer noch das Glas vor den Augen. Pöring wollte sich, um das Schiff zu sehen, vornüberbeugen und legte die linke Hand auf Lisas Rücken.

Ich möchte hier immer so sitzen, sagte sie.

Man hörte jetzt von der Strandseite her lautes Singen. Anscheinend kam eine größere Gesellschaft.

Das sind, sagte Lippert, unsere Landsleute in alkoholisch animiertem Zustand. Wo sie erscheinen, müssen sie Krach machen und Aufsehen erregen. Nur gut, daß sie an dem Tanz im Schwimmbad nicht teilgenommen haben. Wie kann man nur bei jeder möglichen Gelegenheit so laut werden!

Pöring lachte: Die Italiener sind auch nicht leise. Aber Sie haben recht, es ist ein Unterschied, ob der Italiener seinem Naturell folgt oder ob unsere Landsleute unter dem Einfluß des Weins zu krakeelen beginnen.

Schöne Landsleute, brummte Lippert, schwieg aber, so daß man nicht recht wußte, ob er sich hatte von den Deutschen distanzieren wollen oder ob er den Einfluß des Weins auf die musikalischen Äußerungen der Menschen meinte. Die Stimmen verweilten nicht auf festen Tonhöhen, sondern brachen plötzlich ab; man hörte das Kreischen der Frauen.

Es sind tatsächlich unsere Hausgenossen, sagte Lippert, der über den Balkon hinabspähte.

Du bist streng, sagte Lisa; wenn man vergnügt ist, möchte man singen.

Ich bin nicht unmusikalisch, sagte Lippert, sonst würde ich nicht protestiert haben. Ob Sie es glauben oder nicht, fuhr er zu Pöring gewandt fort, meine Frau hat einen Transistor bei sich.

Schon lief Lisa vom Balkon in den kleinen Salon, und bald hörte man, freilich sehr gedämpft, den »Conquistador« mit der verräucherten Stimme von Gary Brookes.

Das liebt sie, sagte Lippert, da ist sie wie ein junges Mädchen.

Vielleicht tanzen wir!? rief Lisa, die Lipperts letzte Worte gehört hatte: So ein Rock hat es in sich. Schließlich haben wir Herrn von Pöring zu einem Tanzabend eingeladen. Lippert hat mich seinerzeit beim Tanzen kennengelernt und mich nicht zuletzt wegen meiner Beine geheiratet.

Mit diesen Worten hatte Lisa, gewollt oder nicht, zuviel gesagt. Ihr Mann schlug auf den Tisch und schrie: Jetzt reicht's aber! Er stand auf und stellte den Transistor ab.

Pöring war unangenehm berührt. Er merkte nicht nur, daß Lisa zu weit gegangen war; er merkte auch, daß der Wein die Ursache ihrer Lebhaftigkeit war, und bemühte sich, das Thema zu wechseln. Die Stimmung war aber verdorben, und als er sich nach weiteren zehn Minuten verabschiedete, war er froh, mit seinen Gedanken allein sein zu können.

13

Während Pöring mit viel zu hoher Geschwindigkeit dem nächtlichen Ravenna entgegenfuhr – er brauchte kaum fünf Minuten für zwölf Kilometer – fiel es ihm wie Schuppen von den Augen: Dieser Lippert stand vor Lisa wie ein Ritter in seiner Rüstung vor einer Jungfrau; er möchte sich dauernd verbeugen, kann es aber nicht, da die Rüstung es nicht gestattet. Sie wußte, daß seine Verehrung ihr galt: das Schicksal hatte ihn wie einen Ehrengardisten vor ihr aufgestellt. Freilich ärgerte sie sein selbstherrliches Gebaren; ihren Geschmack, ihre Jugend (im Verhältnis zu seinem Alter) überging er und war felsenfest überzeugt, sie erläge seiner Liebenswürdigkeit, seiner Beredsamkeit, seinem natürlichen Charme und all jenen Vorzügen, die Lippert in den Augen der Damen unwiderstehlich machten, und dies umso mehr, als sie zu spüren glaubten, daß er nichts anderes wolle, als sich in ihrem Beifall spiegeln. Er ist eitel, sagte Pöring, und solchen auf die eigene Person bezogenen Ehrgeiz nimmt Lisa ihm nicht ab. Er hält sich für unwiderstehlich, das ist es, und merkt nicht, daß dieses Selbstbewußtsein seinen Zauber auf sie, wahrscheinlich seit langer Zeit, verloren hat. Wie kann man sich mit fremden Frauen zu einer Fahrt nach Venedig verabreden, wenn man eine Frau wie Lisa hat? Er hat sie neben sich, aber sie gehört ihm nicht. Vielleicht hat sie ihm nie gehört? Was soll die Bemerkung, daß er sich in ihre Beine verliebt hat, sonst bedeuten? Er hat ihren Stolz verletzt. Er möchte sie auf dem Strand oder auf dem Corso spazierenführen wie diese Taugenichtse, die mit ihren Sportwagen auf- und abrasen, oder die Burschen, die ihre auf den Gepäckträgern der Fahrräder stehenden Mädchen in lebensgefährlichen Schlangenlinien durch die Autokolonnen balancieren. Hätte ihnen der Himmel doch eine echte Leidenschaft gegeben, eine Leidenschaft für irgend etwas, nicht aber für ein tatenloses Dasein! So steht es um ihn. Ohne Zweifel hat er eine hohe Pension. Er kann ihr alles bieten, was sie wünscht – aber sie wünscht nichts, jedenfalls nicht mit ihm. Was soll es bedeuten, daß sie jetzt zum erstenmal zusammen in Urlaub fahren? Das heißt doch, daß sie, wenn sie nichts anderes zu tun haben, es nicht miteinander aushalten.

Pöring brachte den Wagen kreischend zum Stehen. Eine Ampel stand unerwartet auf Rot. Die Kleinstädter stellen ihre Warnanlagen nämlich auch bei Nacht, wenn kein Verkehr ist, nicht ab.

Er fuhr weiter; sofort lief die Kette seiner Vorstellungen zu der Erinnerung an den Tanz zurück, wo er die Erregung gespürt hatte und wie sich Lisa nach einem kurzen Erschrecken ihm ausgeliefert hatte. Ein Glücksgefühl hatte ihn überkommen.

Pöring hatte sich vor dem Tanzabend gefürchtet. Er ging sonst nicht zu solchen Vergnügungen und schon gar nicht, wenn sie, wie in diesem Fall, für Touristen veranstaltet wurden. Ich bin nur Lisas wegen hingegangen, weil ich ihre Gesellschaft wollte, weil sie mir gefiel, und weil ich etwas empfand, das bis zu diesem

Tanz halb bewußt in mir steckte, was ich erwartete oder gehofft hatte, eben so, wie einem die Einbildungskraft gewisse Dinge vorgaukelt.

Der Ingenieur Lippert gefällt mir. Er ist ein Mann mit Erfahrungen, vielleicht auch Erlebnissen, obwohl er sie nicht zu erzählen versteht. Seine Begeisterung für die Politik hat etwas Rührendes, sie ist eine Art stellvertretendes Erfolgserlebnis, das die Deutschen von Zeit zu Zeit brauchen; es kann ja nicht immer vom Fußball kommen.

Pöring besaß vor vielen Männern der Wissenschaft den Vorzug, daß er in einem Handwerker, Geschäftsmann oder Manager den Sachverstand zu bewundern und anzuerkennen bereit war. Die Erfahrung eines Lebens und die dadurch gewonnene Selbstsicherheit Lipperts hatten auf die junge Lisa ihren Eindruck gewiß nicht verfehlt. Überhaupt seine Wirkung auf Frauen: Er braucht nichts zu sagen, sitzt da, sieht gut aus, lächelt, hebt das Glas – und schon fliegen sie auf ihn.

In Pörings Bewunderung mischte sich Verachtung: Die elementare Überlegenheit eines Mannes aus dem sogenannten praktischen Leben besteht darin, daß er auch einer unbekannten Frau, die ihm vorgestellt wird, mit einem gewinnenden Lächeln und ohne etwas zu sagen, die Hand reicht und eine Verbeugung vor ihr macht, als ob sie eine große Schauspielerin oder die Frau des Botschafters sei, während er in Wirklichkeit wie fast alle Männer ihr Gesicht oder die Figur meint. Sie kann das nicht unterscheiden, da es ihr an Erfahrung fehlt.

So oder ähnlich, schloß Pöring seine Überlegungen, mußte es um das Ehepaar Lippert bestellt sein. Er fragte sich, warum es, kinderlos und mit getrennten Zimmern, so lange miteinander ausgekommen war. Sicher war Lisas Anmut nicht mehr blütenhaft. Aber wer erkühnt sich zu behaupten, daß die späteren Phasen einer Frau weniger anziehend sind? Sie geben Mädchen und Frauen, wenn sie älter geworden sind, eine gleichbleibende Anziehungskraft. Vielleicht nimmt diese Kraft zu, wenn man sich daran gewöhnt hat: Die reife Blume duftet stärker als die Blüte, und die richtigen Farben kommen erst am Schluß zum Leuchten. –

Pöring saß mit weit von sich gestreckten Beinen in seinem etwas kahlen Hotelzimmer und blickte auf den Druck eines der ravennatischen Mosaiken an der Wand. Er stellte die Kaiserin Theodora mit ihren Frauen dar. Züchtig, hochgeschlossen, auf Majestät stilisiert, hält sie starren Blickes ihrer Dienerin eine Schale hin. So stand sie seit anderthalb Jahrtausend an der Kirchenwand, als habe sie immer in der Gesellschaft von Bischöfen und Heiligen verkehrt, und war doch, wenn man den Berichten glauben will, die Tochter eines Bärenwärters aus dem Zirkus von Konstantinopel. Sie hatte den Kaiser, ihren Mann, beraten und beeinflußt, obwohl sie, als sie heiratete, erst fünfzehn Jahre alt gewesen sein soll.

Pöring mußte lachen. Er kannte die Sprache der Ikonografie nur zu gut und wußte, daß sie sich, wie die Stenografie beim Schreiben, gewisser Kürzel bedient. Es war natürlich, daß Lippert seine Frau liebte, und es stimmte natürlich nicht, daß er sich nur in ihre Beine verliebt hatte. Es war ihm vermutlich so wie Pöring selbst ergangen: Da die Liebe durch sinnliche Eindrücke in Gang kommt und dann zunimmt, hatte er den

87

Reiz seiner Frau immer besser kennengelernt – aber vielleicht zu spät, nämlich erst da, als Lisa ihn durchschaut und begriffen hatte.

Ich bin sieben oder acht Jahre älter als Lisa, sagte Pöring sich. Ihr Mann ist fünfundzwanzig Jahre älter als sie, er könnte ihr Vater sein, und da liegt vermutlich der Schlüssel. Bei dem Wanderleben, das die beiden geführt haben, können sich Dinge ereignet haben, von denen der andere Teil nie etwas erfahren hat, und wenn ich höre, wie schnell Lippert zwei fremden Damen die Zusage gibt, sie nach Venedig zu bringen, wie er seine Frau weder fragt noch bittet und sogar froh ist, sie einen Tag allein lassen zu können, damit ich ihr die Kirchen zeige: Dann leben die beiden an einer sehr langen Leine und gestehen sich entweder Freiheit zu oder vertrauen einander ganz und gar. Das ist aber nach allem, was ich gesehen habe, unwahrscheinlich, und es wird sich zeigen, daß die Frau sich gewisse Rechte nimmt. Ich würde sie nicht für glücklich halten, obwohl sie in manchen Fällen ihrem Mann Freundlichkeit, Dank, vielleicht auch Vertrauen zeigt. Aber diesen Fällen stehen andere gegenüber, wo sie ihn reden oder gewähren läßt, über ihn sich amüsiert oder ihn, vielleicht ungewollt, bloßstellt.

Pöring lag auf seinem Bett, und die laue weiche Luft in seinem Zimmer füllte sich mit Motiven seiner Einbildung. Sie überredeten seine Sinne und lockten ihn weit weg von seinem Fachgebiet, den ravennatischen Mosaiken. Immer wieder gaukelte die Einbildung ihm den von leichten Wellen überlaufenen Strand des Meeres vor; das blaue Meer wuchs am Horizont mit einem ebenso blauen Himmel zusammen. Er sah die Barke mit den archäologischen Funden herankommen, sah, wie diese ausgeladen wurde, und dann ging das steinerne Bild der geborgenen Venus über in das Lisas in ihrem Kleid mit den über den Achseln geschlossenen Schleifen . . . Ihre Augen forderten ihn auf, sie zu umfassen.

Pöring wußte um den Zusammenhang oder vielmehr die Entsprechung von geistiger und sexueller Potenz. In langen ravennatischen Wochen hatte er sich so in die Ikonografie vertieft, daß sie alle Kräfte des Körpers, der Seele und des Geistes verschlang. Er wußte, daß es so war, und daß es so sein mußte, wenn das zu schreibende Werk den Charakter der Inspiration behalten sollte. Er hatte wie ein Mönch gelebt und wie die Mönche der alten Zeiten alle Teufel und die Larven der Sinnlichkeit in die Flucht geschlagen. Sie hatten aber nur überwintert und schliefen in den Tiefen seines Bewußtseins.

Er hatte sich verliebt. Er war sich darüber im klaren, und obwohl er wußte, daß es mit seiner Arbeit fürs erste vorbei war, opferte er auf dem Altar dieser vor ihm aufgerichteten Göttin seine Wissenschaft, die Arbeitskraft und den Ehrgeiz. Als er morgens in Schweiß gebadet aufwachte, fühlte er sich unausgeruht und abgespannt wie nach langer Anstrengung. Und damit die sinnlichen Vorstellungen ihn nicht gleich wieder überfielen, sprang er auf, duschte, rasierte, kleidete sich an und beschloß, sich durch einen Besuch bei den Spadinis abzulenken.

14

Nachmittags gegen fünf Uhr läutete Pöring am Tor des Palazzo Spadini, und der Gärtner öffnete ihm.

Sind die Herrschaften zu Hause? fragte er.

Sehr wohl, Signore, ich bitte einzutreten.

Die Gräfin und die Gouvernante saßen beim Tee und freuten sich über sein Erscheinen. Vor ihnen auf dem Tisch stand eine kunstvoll verzierte Minitorte, wie die italienische Zunge sie liebt. Die Gräfin schenkte den Tee ein, bot mit einer Handbewegung Rum oder Zitrone an und eröffnete die Konversation mit der Frage, ob und wie ihm der Tanzabend im Hotel President gefallen habe. Dabei sah sie ihn mit einem so verhaltenen Lächeln an, daß Pöring sich gewarnt fühlte, die Gräfin prüfend ansah und bemerkte, daß sie mit den Augen zu Fräulein Truffaut hinüberwinkte.

Die Gouvernante saß mit nervöser Anspannung auf der Vorderkante ihres Stuhls und ließ die Augen wie an einem Orakel an Pörings Lippen hängen. Die Spannung löste sich augenblicklich, als Pöring erklärte, es sei laut, langweilig und ziemlich trostlos gewesen.

Nun ja, sagte die Gräfin, viel mehr war nicht zu erwarten. Haben Ihre Landsleute, der Ingenieur und seine Frau, haben sie sich auch gelangweilt und haben sie wenigstens die frische Luft, die italienische Nacht und das Feuerwerk genossen?

Feuerwerk hat es nicht gegeben, sagte Pöring, und die

Musik war derart laut und tat dem Ohr des Ingenieurs so weh, daß wir nach etwa zwei Stunden hinaufgegangen sind.

Hinauf? wunderte sich Mlle. Truffaut, halb indigniert, halb überrascht.

Wir haben auf dem Balkon gesessen und die Leuchttürme von Pula gesehen.

Das ist unmöglich, sagte die Gräfin. Wissen Sie nicht, daß Pula hundert Meilen entfernt ist?

Wir waren uns nicht ganz sicher; aber es könnte Pula sein, da die Nacht warm, die Luft durchsichtig und der Himmel sternklar war. Auch wir haben uns Gedanken über die Entfernung von Ravenna bis Pula gemacht; der Ingenieur, der Erfahrungen aus den Tropen hat, nahm an, daß wir von unserm Stockwerk aus über die Krümmung des Adriatischen Meers hinweg bis Pula sehen könnten.

Die Krümmung des Adriatischen Meers? wunderte sich Fräulein Truffaut, ist die Oberfläche des Adriatischen Meers gekrümmt?

Als Ingenieur wird er das wissen, sagte die Gräfin. Aber erzählen Sie uns doch etwas von der faszinierenden Frau!

Pöring blickte auf: Faszinierend – wieso?

Glauben Sie, wir hätten nicht bemerkt, daß eine Faszination von dieser Dame ausgeht? Frauen merken dergleichen sofort. Wenn ein Mann Haar- und Augenfarbe einer Frau angeben kann, muß sein Interesse an ihr ganz außergewöhnlich sein. Es gehört doch zu den schönsten Gaben männlicher Aufmerksamkeit, daß ihnen dergleichen Details sonst entgehen.

Habe ich . . .?

Aber natürlich! Sie haben auch die weitgespannten Interessen der Dame erwähnt. Sie interessiere sich für die Mosaiken, spreche Französisch und Spanisch, sagte die Truffaut und starrte Pöring mit ihren altjungferhaften Augen so böse an, daß dieser seine Meinungen und Gefühle dieser Dame gegenüber aufs übelste bestätigt fand.

Ich werde ihr in den nächsten Tagen die Kirchen zeigen, erwiderte er; vielleicht darf ich sie anschließend zum Tee mitbringen?

Ja, ja! riefen die Gräfin und Fräulein Truffaut fast gleichzeitig. Sie wissen doch, wie neugierig wir sind. Wir könnten Don Ramo einladen, und vielleicht ließe sich Galla aus purer Neugier auf eine junge Dame bewegen, eine halbe Stunde bei uns zu sitzen.

Pöring wehrte ab. Vielleicht sei es nicht richtig, Gallas Erwartung hochzuschrauben. Vor allem dürfe man Galla gegenüber nicht von einer *jungen* Dame sprechen. Frau Lippert stehe in den Augen eines jungen Mädchens durchaus im Alter einer Tante.

Um so besser paßt sie zu uns, sagte die Gräfin.

Pöring verbeugte sich schweigend. Er glaubte einen glücklichen Einfall zu haben, indem er sagte, Lisa (so nannte er sie schon bei sich) könne sich natürlich nicht mit Don Ramo über die Denkmäler Ravennas unterhalten, obendrein sei sie Protestantin.

Nun, dann werden wir meinen Mann bitten, das reizende Geschöpf anzusehen. Sie wissen ja, daß der Graf weibliche Schönheit mehr zu schätzen weiß als die edelsten Kunstwerke.

Mlle. Truffaut warf ihr einen verwunderten Blick zu. Sie war es nicht gewohnt, daß die Gräfin Spadini ein kritisches Wort über ihren Mann sprach. Sie hatte es aber ohne Hintergedanken getan, und als die Truffaut ihre Unbefangenheit bemerkte, war sie schon wieder entwaffnet.

Das wäre reizend, rief sie, der Herr Graf kann eine Dame viel objektiver beurteilen als wir!

So viel Anteilnahme hätte sich Pöring eigentlich nicht gewünscht. Er wußte, daß Spadini ein Frauenheld war. Er traute ihm das dreiste Urteil des Italieners in Sachen Weiblichkeit zu und fürchtete, Lisas Erscheinen könne seinen Jagdinstinkt wecken.

Pöring wunderte sich über sich selber. Müßte er Lisa vor diesem Mann bewahren? Würde der Graf Lisas Figur mit den Augen der Achtung ansehen? Oder würde er, sozusagen mit einem Zungenschnalzen, Pöring zu verstehen geben, daß er sie für einen Leckerbissen hielt?

Der Gedanke war ihm unerträglich. Vorsichtig begann Pöring eine rückwärtige Front aufzubauen: Ich weiß nicht, ob wir genügend Zeit haben werden und ob Frau Lippert nach der Besichtigung von Sant' Apollinare in Classe noch hierherkommen mag . . .

Machen Sie's etwas kürzer, warf Fräulein Truffaut ein und gab Pöring dadurch Gelegenheit, die Rückzugslinie zu befestigen: Wie Sie wissen, brauchen Damen vor einem Nachmittagsbesuch Zeit. Madame Lippert wird gewiß nicht abgespannt und unfrisiert im Salon Spadini erscheinen wollen.

Aber bitte, lieber Vetter, das macht doch gar nichts, sagte die Gräfin.

Pöring verbeugte sich: Ihnen nicht, verehrte Gräfin, und Galla erst recht nicht . . .

93

Mir auch nicht, sagte die Truffaut.

Wie ich Frau Lippert kenne, sagte er, weiß sie genau, worauf man zu achten hat, wenn man den Verwandten und Bekannten eines Herrn vorgestellt wird.

Eine raffinierte Person, scheint mir, sagte die Gräfin Spadini. Sie meinte es als Lob, denn die Italienerin ist bereit, jeder Frau zuzugeben, daß sie das Beste aus sich macht. (Sie gehörte zu dem guten alten Schlag.) Wenn ich an unsere Galla denke, an ihre Hosen und flachen Schuhe . . .

Galla hat das Recht der Jugend, sagte die Gouvernante.

So jung ist sie nicht mehr, meine Liebe, erwiderte die Gräfin. Ich bin überzeugt, daß Baron Pöring den Aufzug unserer Tochter gräßlich findet . . .

Amüsant, nicht gräßlich, warf Pöring ein.

Er ist zu höflich, die Wahrheit zu sagen. Die Höflichkeit der Deutschen findet sich immer an der verkehrten Stelle. Es gibt nun einmal die unbarmherzige Wirklichkeit (sie sagte: realità), vor der die germanische Seele Angst hat. Sie haben uns nun so neugierig gemacht, lieber Vetter, daß wir auch einiges über den Signore Lippert hören möchten. Ein Mann mit einer so schönen Frau muß doch seine Vorzüge haben.

Pöring kannte die Neigungen des italienischen Adels. In der Vorliebe für das Militärisch-Soldatische ließ er sich von keinem Stand übertreffen. Er war nicht in die Müdigkeit der Resignation verfallen, war nach wie vor ein Statthalter der Vaterlandsliebe und hatte sich nicht von dem Instinkt seiner Rasse abbringen lassen, daß ein Recht ohne Stärke nur großsprecherischen Wert besitzt.

Pöring wiederholte das Lippertsche Lob der über die

Weltmeere zu den Falklands entsandten britischen Flotte. Er wiederholte die Überzeugung vom britischen Sieg und der mächtigen Beweiskraft einer Stärke durch Handeln. Als er nun gar Lipperts Satz zum Besten gab, die englische Premierministerin sei der einzige Mann in Europa, erstickte das Entzücken der Damen die Teilnahme für Frau Lippert so sehr, daß sie ihre Neigung nur noch dem Ingenieur zuwandten und eine Änderung des Besuchsplans vortrugen: Pöring solle das Ehepaar gemeinsam mitbringen. Vielleicht könne man zum Ristorante Renato gehen. So lösten sich die Schwierigkeiten mit der Müdigkeit der Dame nach den Besichtigungen, die Sorgen um ihre Frisur und die Befürchtung eines Mangels an Gesprächsstoff.

Pöring stimmte zögernd zu. Er fürchtete, Lipperts etwas rauher Ölsuchercharme könne seinen Eindruck verfehlen. Er hatte gehofft, mit Lisa allein auftreten und Ehre einlegen zu können. Dann aber dachte er an die von Lisa behauptete Attraktivität ihres Mannes in Damengesellschaft und seine Gabe, sich zu entfalten. Darum stimmte er der Einladung endlich zu.

Ich hätte noch eine Bitte, wandte er sich an die Gräfin, ich möchte Madame Lippert als Andenken an meine Führung durch die Kirchen ein kleines Geschenk machen. Was würden Sie raten; was kann man in solchen Fällen schenken?

Die Frage bewegte die beiden Damen weit tiefer, als er erwartet hatte. War es ihr kupplerischer Instinkt, war es, daß sie sich geschmeichelt fühlten, in solch einer Frage um Rat gebeten zu werden, oder war es sein Vertrauen?

Vielleicht ein Ring, sagte die Gräfin und sah Pöring scharf an: Oder ist ein Ring zu intim?

Nein, nein, wehrte er sich, oder doch zu intim? – Nein, ein Ring geht wohl nicht.

Dann nehmen wir eine Gemme mit einem hiesigen Motiv, dem Kopf der Theodora.

Eine glänzende Idee, rief Pöring, die Gemme der Theodora! Aber nein, auch das geht nicht, es wäre zu anzüglich.

Ich wüßte ein Geschäft, wo es solche Sachen gibt, sagte Mlle. Truffaut in der heimlichen Hoffnung, Pöring werde sie vielleicht auffordern, ihm das Geschäft zu zeigen. Aber sie wurde enttäuscht, denn die Gräfin sagte: Eine beliebige Gemme sollte es doch wohl nicht sein. Sie müßte von einem Juwelier gefaßt werden.

Pöring erschrak. Er hatte wenig Zutrauen zu dem Friedhofs- und Zuckerbäckergeschmack der Juweliere von Ravenna, wagte diesen Vorbehalt aber nicht laut werden zu lassen, da er Silberarbeiten eben diesen Stils bei seiner Kusine bemerkt hatte. Er schützte den hohen Preis einer Sonderanfertigung vor.

Dann bleibt nur eine Möglichkeit, sagte die Gräfin, und es geschah wieder mit der ihr eigenen Unschuld, dann müssen Sie die Gemme in einem Andenkenladen kaufen. Das sind Industriewaren, sie bedeuten schon vom Preis her nichts anderes als ein kleines Andenken.

Aber nun schauen Sie doch mal, wandte sich die Gräfin an die Gouvernante, ob Galla nicht kommen will. Der Tee ist schon kalt geworden.

Es ist doch sehr sonderbar, wandte sie sich wieder an Pöring, als die Gouvernante die Zimmertür geschlossen hatte, daß Sie der Dame, ob Sie sie nun lieben oder nicht, solch ein Geschenk machen wollen; denn ob Ring oder Brosche oder Gemme: es ist jedesmal etwas zum Anstecken, was man am Körper trägt. Wenn Sie einen Rat von mir annehmen, lieber Vetter, und ich spreche da gewiß Ihrer Mama aus dem Herzen und nicht aus dem Neid eines alten Weibes . . . unterbrechen Sie micht nicht! Ich erlaube mir, Ihnen das zu sagen; Sie könnten fast mein Sohn sein! Nach allem, was Sie von diesem Ingenieur erzählen, ist er nicht unempfindlich, hat ein ritterliches Herz – und deshalb rate ich Ihnen, auf das Schenken zu verzichten!

Sie haben recht, und ich danke Ihnen, erwiderte Pöring. Er konnte nichts mehr sagen, denn die Gouvernante trat wieder ins Zimmer und sagte, sie habe den Auftrag, Galla zu entschuldigen. Sie breche Nüsse auf und habe schmutzige Finger.

Da sehen Sie, sagte die Gräfin zu Pöring, womit sich unsere Jugend befaßt.

Ich finde nichts dabei. Immer noch besser, sie bricht Nüsse, als daß sie ihr weibliches Mitleid den Nüssen zuwendet, daß man sie nicht knacken dürfe aus Gründen des Natur- oder Landschaftsschutzes. Bei uns gibt es Leute, die aus diesen Gründen keine Nüsse essen.

Fräulein Truffaut, hoch aufgerichtet stehend, wollte es nicht glauben: Du lieber Gott, wenn es noch die Vögel wären, deren Abschuß und Fang man Italien übelnimmt, aber Nüsse?

Man braucht einen Schuß natürlichen Humors, sagte die Gräfin und reichte Pöring, der aufgestanden war, um zu gehen, mit einem Lächeln die Fingerspitzen. Sie hatten sich verstanden.

15

Am nächsten Tag trübte sich das Wetter, und Lippert
sagte den Damen, denen er den Ausflug versprochen
hatte, sie müßten ihn verschieben; etwas Traurigeres
als Venedig im Regen lasse sich schlecht vorstellen.
Nach dem Frühstück rief Pöring an und fragte, ob er
Lipperts Ravenna zeigen dürfe. Bei Regen seien die
Kirchen leer, und sie hätten Zeit, die Mosaiken im wei-
chen Licht eines sonnenlosen Tages zu bewundern. Lisa war am Telefon und ertappte sich bei dem Gefühl,
sie sei erleichtert, daß er anrief.
Sie hatte eine unruhige Nacht gehabt. Sie wollte sich
Klarheit verschaffen über ihre Einstellung zu Pöring.
Sie hatte bei der Begegnung am Strand ins Blaue hinein
geredet und gehandelt und bemerkt, daß Pöring durch
ihre Bekanntschaft tief betroffen war. Seither hatte sie
ihre Schritte wohl überlegt, aber bei dem Tanz im
Schwimmbad hatte sie sich hinreißen lassen, seine Erwartungen zu erwidern. Jetzt konnte sie nicht mehr
zurück und wollte es nicht. Wenn ihr Blut kälter gewesen wäre, hätte sie sich oder vielmehr ihm Vorwürfe
gemacht und die Beziehung abgebrochen. Statt dessen
hatte sie sich auf Pöring eingelassen. So war ihr Charakter; diesem Wesenszug verdankte sie, daß sie immer
noch eine schöne und junge Frau war.
Als Pöring sie zur Stadtbesichtigung einlud, wußte sie,
daß Lippert nicht mitgehen würde. Sie sagte jedoch zu

Pöring, er möge einen Augenblick warten, sie werde ihren Mann fragen.

Bei dem Regen eine Stadtbesichtigung? sagte er.

Sie wußte, wie sie ihn zu nehmen hatte: Je mehr sie ihn drängte, um so mehr würde er Widerstand leisten. Deshalb sagte sie: Wir sehen doch nur das Kircheninnere! Das Licht ist bei Regen besonders gut!

Mich interessieren der Hafen, die Raffinerie und die Anbindung der Straßen an das Autobahnnetz.

Lisa nahm den Hörer und sagte zu Pöring, sie komme allein.

Pöring hätte nichts lieber gehört. Er hoffte, vor den Augen der Fürstin seines Herzens die schön aufgestellten Truppen seiner Bischöfe, Engel und Heiligen an den Wänden der ravennatischen Kirchen zum Angriff zu führen.

Lisa fuhr zu ihm und kam erst mittags zurück: Sie hatten keine Kirche gesehen.

Als das Wetter am nächsten Tag wieder schön war, wollte Lippert mit den Damen seinen Ausflug nach Venedig machen. Um acht Uhr nahm er den Wagen und wartete vor dem venezianischen Löwen der Hoteleinfahrt. Er trug eine dunkelgrüne Cordjacke und einen nicht weniger jugendlich machenden flachen Sporthut. So sah er zehn Jahre jünger aus als er war, und rauchte die erste Zigarre des Tages. Als die Damen wenige Minuten später aus dem Hotel kamen, erschreckten sie ihn, da sie nicht nur große Taschen schleppten, sondern auch Mäntel und Stöcke mitführten. Sie waren auf den ersten Blick als Angehörige jener Touristengruppen zu erkennen, denen der Italiener, wenn sie älter sind, mit ironischem Schweigen begegnet. Lippert war gewandt genug, Taschen, Mäntel und Stöcke im Kofferraum verschwinden zu lassen. Mit ihren violettstichig toupierten Haaren wirkten sie wie Kränzchendamen einer Kleinstadt.

Lippert ließ sich nichts anmerken und setzte sich ans Steuer.

Ihre Frau! Wo bleibt Ihre Frau, riefen sie.

Meine Frau sitzt beim Frühstück.

Sie fährt nicht mit?

Nein.

Sie fährt nicht mit nach Venedig?

Mit drei Damen nach Venedig, scherzte Lippert, das wäre doch etwas viel, haha! Er ließ den Wagen anspringen. Eine von Ihnen sollte sich zu mir nach vorn setzen . . .

Aber wir dachten, Ihre Frau . . .

Meine Frau hat mich beurlaubt.

Und sie findet nichts dabei?

Er mußte lachen, suchte es zu unterdrücken und sagte so ernst wie möglich: Jeden Tag mit mir, das ist zuviel verlangt.

Aber nein, kreischten die Damen, Enttäuschung simulierend, doch dann stieg die eine, da Lippert den Gang einlegte, aus und setzte sich mit dem Empfinden, überaus verführerisch zu sein, nach vorne neben Lippert.

Lisa hatte den Vorgang vom Fenster aus beobachtet.

Kaum war der Wagen außer Sicht, rief sie Pöring an.

Ich hole dich ab, sagte er, ich bin in einer Viertelstunde bei dir!

Die Eile tat ihr gut. Es gibt Augenblicke in unserm Leben, die wie ein Lichtstrahl in der Nacht sind. Blitzartig beleuchtet er eine sonst verborgene Wirklichkeit, von der unsere Einbildung kaum zu träumen wagt. Warum empfand Lisa dieses Glück? Er kommt, sprach sie bei sich selber, er kommt sofort; statt die Konsequenz zu ziehen, sich rasch umzuziehen – denn sie war »nicht angezogen«, wie Frauen diesen Zustand nennen – blieb sie ein paar Minuten wie träumend stehen, sah auf das morgendlich blaue Meer hinaus und ließ das Auge von der Horizontlinie in den blau ruhenden Himmel hinaufgehen. Dann war das süße Erschrecken weg, sie kleidete sich um und suchte, ohne daß es ihr bewußt wurde, sehr lange ein Paar Schuhe aus. Erst als sie das Zimmer verlassen wollte, fiel ihr ein, daß es die falschen waren. Sie nahm dafür Wildlederschuhe mit flachen Absätzen, und als sie vor dem Spiegel stand, klingelte das Telefon: Sie werde in der Halle erwartet.

Sie fuhr hinunter. Pöring empfing sie mit einem Handkuß, was sie sehr verwirrte. Er führte sie zum Wagen auf dem Parkplatz und ließ sie einsteigen. Dann fuhr er los, und während er die Strecke bis zur Stadt sonst in wenigen Minuten zu fahren pflegte, gab er jetzt so wenig Gas, daß sie nicht über dreißig und vierzig Stundenkilometer hinauskamen und durch hupende Überholer gemahnt wurden, daß sie ein Verkehrshindernis bildeten, da der langsam Fahrende alle Überholenden zum Kolonnenspringer macht.

So brauchten sie fast eine Viertelstunde bis Sant' Appolinare in Classe. Die Kirche war um diese Zeit, kurz nach der Messe, leer und still.

Er wollte ihr die Reste der alten Mosaiken erklären, aber die Opfer Abels, Melchisedeks und Abrahams sagten ihr so gut wie nichts, da sie mit deren Namen von ihrer Jugend her wohl eine gewisse Bedeutung verband, den Zeichenwert ihrer Opfer für den Weg der Menschheit aus dem Dunkel zur Erlösung aber nicht kannte. Die hunderteinunddreißig Bischöfe und Erzbischöfe der Diözese Ravenna ließen sie verstummen. Pöring gab sich belustigt. Er erkannte nicht, daß Lisas Unaufmerksamkeit mit der Erregung zusammenhing, in die der Aufenthalt mit ihm allein in der riesigen Kirche sie versetzte. Es war eine Art öffentlicher Einsamkeit, verbunden mit der Scheu vor dem Heiligtum. Wie sollte sie der Schönheit dieser Mosaiken in Paul Pörings Gegenwart gebührend folgen? Die Bilder waren wie Siegel, mit denen unserer Seele das Bild einer himmlischen Natur eingedrückt werden sollte. Wie das Siegel zwar nur seine Form in Wachs abprägt, aber eben, um dies tun zu können, mit dem Original in engste Verbindung gebracht werden muß, so tritt die himmlische Natur, indem sie mit den Bildern zu uns spricht, in Verbindung mit unserer Seele.

Lisa war verwirrt. Ohne Pöring wäre sie begeistert gewesen von dieser in sich gleichen und im einzelnen so verschiedenen Galerie der Bischöfe. Sie wußte, daß der Reiz, auch der ästhetische, dieser Bildnisse nicht in den Personen, sondern im Typus lag, so wie die Kinder und Mädchen einer Gegend, die man nicht gekannt hat, einem beim Durchwandern alle gleich erscheinen und sehr erstaunt wären über die Frage des Fremden, ob sie Geschwister seien.

So schwieg sie während seiner Erklärungen. Pöring war irritiert. Ich muß dir doch die Kirchen zeigen, mein Liebling, sagte er, sonst glaubt uns niemand.

Er zeigte ihr die Basilika, das Baptisterium, die Grabkapelle der Galla Placidia und das Oktogon von San Vitale. Hier wurden sie durch fotografierende Touristen gestört. Das Grabmal Theoderichs verlockte Lisa zu einem sonderbaren Zahlenspiel, sie konnte es nur mit Mühe unterdrücken. Während sie nämlich an Pörings Seite die Stufen hinunterschritt, zählte sie: Er liebt mich, er liebt mich nicht, er liebt mich, er liebt mich nicht. Sie war glücklich, daß die Zahl der Stufen ungerade war und sie deshalb mit »Er liebt mich« endeten.

Sie war glücklich, an seiner Seite zu stehen, ihn zu hören, zu sehen. Sie stellte fest, daß er fast einen Kopf größer war als sie und daß er schöne Schuhe trug. Sie nahm den Duft seines Rasierwassers wahr und amüsierte sich, während sie von einem Besichtigungsort zum andern gingen, über seine Bemerkungen zu Land und Leuten. Sie begann seine Distanz zu den Touristen zu verstehen und hörte, daß aus seinen Erklärungen nicht nur Bildung und Wissen sprachen, sondern ein werbender Ton. Wenn er sagte: Das ist für uns in den letzten Jahren klargeworden, dann hörte sie vor allem das Wörtchen »uns«; nicht daß sie sich mit ihm einbezogen gefühlt hätte in die Republik der ikonografischen, archäologischen und kunsthistorischen Gelehrsamkeit oder Liturgie –: für sie war dies »uns« der kürzeste Ausdruck einer die Welt ausschließenden Vertraulichkeit.

Sie waren zwei Stunden unterwegs, und während Pöring sie durch Ravenna führte, entwickelte sich in ihr ein gewisser Ärger. Er mußte doch merken, daß all diese Bauten, Mosaiken und deren Erklärungen sie jetzt nicht interessierten. Der Ärger wurde um so stärker, als sie nicht wagte, ihn zu unterbrechen oder Fragen zu stellen. Denn das hätte bedeutet, daß sie interessiert war; sie konnte noch nicht sagen, daß sie für seine Wissenschaft nicht mehr empfänglich und nur an seiner Person interessiert war.

Darum war sie froh, als er schließlich sagte: Wir sollten essen gehen. Hast du Lust auf ein Stadtrestaurant? Wir könnten ins Byron oder zu Renato gehen, die sind im Zentrum; wir könnten aber auch, da wir hier an der Straße nach Faenza stehen und es sowieso ziemlich früh ist, ins Gebirge fahren und in eine Trattoria gehen. Sie war begeistert: Ja, ja, sagte sie, laß uns ins Gebirge fahren! Ich liebe den Wald, und wir haben den ganzen Tag vor uns.

16

Sie nahmen die Landstraße nach Faenza über Gogo und Russi. Sie war leer, und als sie unter der Autobahn tankten, fand Lisa ein paar Schritte seitwärts eine Maus, die sich nicht bewegte. Sie ist tot, sagte sie, als sie sich hinabbückte, welch ein schönes Tier! Pöring hatte vor Kadavern einen instinktiven Widerwillen. Diese Tierliebe, dachte er, paßt nicht zu ihr, jedenfalls nicht zu dem Bild, das ich von ihr habe. Kam der Gedanke aus der Zeitung? Komm, sagte er, wir können weiterfahren! Er zahlte an der Kasse und stieg ein.

Die Stadt Faenza war um die Mittagszeit voll von Autos und Fußgängern. Die nicht sehr großen Blocks der Häuser in der Innenstadt waren jeder für sich eine Art Palais oder zumindest ein alter Bau mit später in Bodenhöhe eingebrochenen Schaufenstern. An ihnen schob sich die Menge lachend und plaudernd vorbei, die Mädchen an Eisstengeln lutschend. Der Betrieb konnte den parkplatzsuchenden Fremden zur Verzweiflung bringen, es sei denn, er bemerkte ein sich rückwärts aus der Wagenreihe schiebendes Auto, wartete und manövrierte sich rasch in die Lücke: Nirgends ist der Mensch so sehr dem Trübsinn ausgeliefert wie auf Parkplatzsuche in Städten, die nicht für Autos gebaut wurden. Pöring wäre lieber an der Seite Lisas durch die Straßen gebummelt. Sie spürte seine nervöse Anspannung nicht. Sie saß in ihrem apfelgrünen Kleid neben ihm, das er erst jetzt bemerkte. Um etwas zu sagen, fragte er, weshalb sie ihren Mann habe allein fahren lassen.

Sie warf ihm einen Blick zu aus ihren vorsichtig untermalten Augen: Ich will ihm den Spaß nicht verderben. Er kommt bei den Damen so gut an . . .

Er fährt lieber mit Fremden als mit dir?

Ja, weil er bei den Fremden den Kavalier spielen kann, eine Rolle, die er sehr genießt, und weiß, daß meine Begleitung ihm einen Teil seines Erfolgs wegnimmt.

Wie das?

Ich kenne seine Tricks, und er weiß, daß ich mich darüber amüsiere.

Das ist ja unerhört!

Findest du?

Pöring war verwirrt. Das Gespräch strengte ihn noch mehr an als die Suche nach einem Parkplatz. Übrigens waren sie inzwischen durch die Stadt gekommen und befanden sich am Außenring, wo die Fayence-Brennereien lagen und mit ausgestellten Tellern, Töpfen, Krügen und Steinguttieren für sich warben. Auch verkündeten einige Pensionen mit roten oder grünen Zeichen, daß es Unterkunft oder Speisen gab. Plötzlich entdeckte Pöring einen Parkplatz. Er bog ein, und zwei Minuten später gingen sie zu Fuß zur Stadt zurück; es waren nur fünf oder sechs Minuten bis zu den gleichen Plätzen und Straßen, die sie eben durchfahren hatten.

Sie fanden das Lokal, von dem Pöring gesprochen hatte. Hier saßen um diese Zeit, wie in allen Städten Italiens, Geschäftsleute in dunklen Anzügen. Sie hoben ihre Blicke zu Lisas Kleid und Gesicht auf, taxierten ihre Figur mit dem Sexualsinn des Fachmanns und

106

warfen sich Blicke zu. Wenn um diese Jahreszeit ein Fremder in Begleitung einer Dame auftauchte, kam ihre Sucht nach lustvollen Vorstellungen in Bewegung. Sie unterschoben dem Paar aus der Fremde die Substrate ihrer Wunschvorstellungen.

Pöring erklärte Lisa die Speisekarte und überredete sie zu einem getrüffelten Pilz als Vorspeise. Da jedes der folgenden Gerichte, wie es sich in Italien gehört, einzeln zubereitet werden mußte, verbrachten sie die Mittagszeit in diesem Restaurant und gaben den Herren in ihren blauen Anzügen, weißen Hemden und mit einer Perle geschmückten Krawatten Gelegenheit, das blütenhafte Bild Lisas mehr oder minder verstohlen zu mustern, ungefähr so, als wenn ein Junge aus der Provinz mit seiner Schulklasse zum erstenmal in eine Großstadt kommt und in der Pinakothek entkleidete Frauen auf Bildern sieht, vor denen der Lehrer erklärt, was das Künstlerische und die Kunst selber seien, während der Schüler selbst, der zum erstenmal eine nackte Frau sieht, alles unglaublich findet und wünscht, der Maler hätte das Blatt vor dem Schoß der Eva fortlassen sollen.

Pöring war Manns genug, die Szene zu genießen, und Lisa, in vollem Bewußtsein, wie sie auf Männer wirkte, bat zum Schluß des Essens, als sie Kaffee tranken, um eine Zigarette und gab dem Rauch aus ihrem Munde, als er sich in der Atmosphäre des Lokals verteilte, die Beimischung eines hierzulande als leichtsinnig geltenden Parfums aus ihrer Handtasche. Sie entnahm ihr ein Foto: Sieh, sagte sie zu Pöring, das war ich vor fünfundzwanzig Jahren, als ich mit meinem Vater auf die Jagd ging und den Fuchs schoß.

Pöring nahm das Bild; es war ziemlich klein, und er hätte in dem winterlich vermummten Mädchen Lisa nicht erkannt. Der neben ihr stehende Mann, ein Gewehr unter dem Arm, erinnerte ihn an den Grafen Spadini. Schließlich sehen sich für Laien alle Jäger der Welt ähnlich.

Ich hätte dich nicht erkannt, sagte er.

Sie beugte sich zu ihm und sah ihr eigenes Foto wie zum erstenmal. Sie war betroffen: Du erkennst mich nicht?

Nein, vor allem begreife ich nicht, wie dies kleine Mädchen einen Fuchs erlegen konnte; es sieht so vergnügt aus.

Sehe ich heute nicht vergnügt aus?

Pöring scheute sich zu sagen, daß er ihren traurigen, wenn sie ernst vor sich hinblickte sogar bekümmerten Ausdruck bemerkt hatte. Scherzend sagte er: Wenn ich der Fuchs wäre, würde mich das Vergnügen des Jägers ganz schrecklich ärgern. Ich würde mich totstellen und in einem unbewachten Augenblick auf- und davonspringen.

Du? sagte sie. Ich glaube, du verstellst dich nicht.

Das ganze Lokal hatte zugehört, und obgleich niemand außer Pöring verstanden hatte, was Lisa sagte, gab die Gesellschaft ein Aufatmen von sich, so wie nach einem Violinkonzert auch der Unmusikalische während des Spiels ein andächtiges Gesicht macht und sich am Schluß befreit fühlt.

Das müssen wir Spadini erzählen, sagte Pöring, er ist ein großer Jäger vor dem Herrn. Wir kommen auf dem Rückweg bei seinem Jagdhaus vorbei. Es liegt sehr hübsch im Wald. Ich habe einen Schlüssel.

Du hast einen Schlüssel – wir werden allein sein!?
Pöring bewunderte den Mut dieser Frau.
Als sie aufbrachen, lag die Stadt still. Plätze und Straßen hatten sich so rasch geleert, wie sie sich zur Mittagszeit gefüllt hatten. Nur die Autos standen mit gesenkten Schnauzen an den Mauern, wie Schweine vor dem Trog sich drängend.
Lisa hängte sich ein. Er spürte den Ansatz ihrer Brust.
Mit dem Wagen war es nicht weit von Faenza nach Ghibulla. Pöring hatte Lisa eine Ausstellung von Fayencen zeigen wollen. Wie schön die seien! Aber der Einfall mit dem Jagdhaus hatte ihn förmlich überwältigt. Warum sollte er mit Lisa durch eine Ausstellung gebrannter Vasen und Hunde gehen, wo das Erlebnis der Jagd ihr viel näher lag?
Die Straße führte durch die Wälder des hier flach abfallenden Appenins.
Man hörte in der Ferne einzelne Schüsse. Um diese Jahreszeit trieben sich Vogeljäger in den Revieren herum. Sie bekamen aber keinen zu Gesicht. Als Pöring die Bemerkung machte, mit Speck umwickelt bekämen die Wachteln ihr schönstes Aroma, sah Lisa ihn mit einem Blick an, den er sich nicht erklären konnte. Als Jägerin konnte sie seine Vorbehalte gegen die Jagd nicht teilen.
Die Schüsse fielen ziemlich regelmäßig, und dann, auf einer Lichtung, entdeckten sie die Ursache: Automatische Schußanlagen sollten die Vögel von den Rebgärten fernhalten.
Was empfandest du, als du den Fuchs geschossen hattest? fragte Pöring.
Mein Vater, als Jäger, pflegte zu sagen, das Leben des

Tiers erfülle sich darin, daß es vom Jäger erbeutet wird. Ich habe das nie verstanden. Nur damals, als der Fuchs vor mir lag, konnte ich es verstehen. Vielleicht ist das so wie bei einem Liebespaar.

Ich bin dein oder du bist mein Opfer?

Ach, Paul! – Es war das erstemal, daß sie seinen Vornamen benutzte. Sie lehnte sich dicht gegen ihn. – Ich habe nicht geglaubt, sagte sie, daß es so etwas gibt; dies Glück habe ich nicht gekannt.

Er hielt es für richtig, Lisas weiche Stimmung nicht auszunützen, und wagte sie nicht nach dem Verhältnis zu ihrem Mann zu fragen. Sie mag von ihrem Venn und von der Mark erzählen, dachte er, für mich ist sie etwas anderes.

Sie merkte, daß er nachdachte, und wollte wissen, worüber.

Ich geniere mich, es zu sagen.

Nur Mut!

Du hast das, was die Venus aus der Adria hat; es erscheint mir nicht als Zufall, daß wir uns bei ihrer Bergung kennengelernt haben.

Ein steinernes Bild?

Das gewiß nicht, aber du hast etwas, was der Bildhauer, nach der Konvention seiner Zeit, in dem Körper zum Ausdruck brachte.

Und das wäre?

Es klingt ganz altmodisch: die Frau an sich oder die Göttin der Liebe; es ist nämlich dasselbe, ob man aus der Mark kommt oder aus Ghibulla oder woher immer.

17

Der kleine Bau war früher das Haus des Jagdaufsehers und Waldhüters gewesen, aus Stein gebaut, einstöckig und rot gestrichen. Er hatte nicht die geringste Ähnlichkeit mit den Gebilden der romantischen deutschen oder englischen Phantasie, wenn sie das Wort Jagdhaus vernimmt. Im Innern herrschte eine unerwartete Pracht: Ein kleiner Lüster aus Muranoglas hing von der Decke des Salons, wo es einen Sekretär, Tisch und Stühle, sowie Kopf- und Fußteil eines unter einer Decke versteckten Messingbetts zu sehen gab. Der andere Raum enthielt Jagdutensilien, darunter Netze für die Vogelstellerei. Ferner gab es eine etwas verräucherte Küche und jenen winzigen Raum, dem Italien die Bezeichnung Gabinetto gönnt.

Es war warm und stickig; Pöring stieß Fenster und Läden auf. Ein Schwall frischer Luft trieb die Muffigkeit aus dem Haus. Es gab Spuren von Benutzung: Auf dem Tischchen unter dem Spiegel stand eine Flasche Campari Bitter mit einem ausgetrockneten Glas, und in dem Rest hatte eine Fliege ihr alkoholisches Ende gefunden.

Lisa betrachtete einen in goldene Leisten eingelassenen Wandteppich aus schöneren Zeiten mit der Darstellung einer bukolischen Szene in Pastellfarben: Bäume und Landschaft mit Gebirge; ein Bach ergoß sich in einen Teich; am Rand des Baches nahm eine halbentkleidete Frau ein Fußbad und wurde hinter einem Busch von glühenden Augen beobachtet.

Susanna? fragte Lisa.

Pöring mußte lachen: Die Verfolger Susannas waren Alte, während es sich hier um jugendliche Faune handelt. Die Atmosphäre ist heidnisch. Spadini hat die Tapisserie anbringen lassen, ebenso den Leuchter, damit das Ganze einen herrschaftlichen Anstrich bekommt. – Pöring knipste das Licht an, es funktionierte.

Lisa war irritiert, weil er ihre Frage nach Susanna mit einer Belehrung beantwortet hatte. Ich bin keine Kunsthistorikerin, sagte sie.

Verzeih mir, sagte Pöring, als plötzlich eine andere Schicht seines Wesens an die Oberfläche kam, die zärtlich schonungsvolle. Du brauchst es nicht zu wissen. Im Motiv der im Bad beobachteten Schönen gleichen sich alle Schriftsteller und Maler der alten und neuen Zeit; es hat etwas Verführerisches, und es könnte sein, daß es sich weder um die biblische Susanne noch um eine mythologische Nymphe handelt, sondern um ein Bauernmädchen, das sich im Bach die Füße waschen will. Das Ganze ist kein Meisterwerk und stammt von einem Künstler, der in seiner Jugend in Urbino oder Ravenna Meister gesehen und bei ihnen gelernt hat, dann aber, als er merkte, daß es ihm an Talent fehlte, die Malerei auf einer niedrigeren Stufe ausübte, ohne seine Kunst zu entehren und in dem Gefühl, daß das Motiv etwas Herrliches meint, ganz gleich, ob es sich um eine Göttin, eine Heilige oder ein Mädchen aus dem Volk handelt.

Er sah sie an. Sie lächelte. Sie hatte ihn vollkommen verstanden.

Es war eine Probe, die er mit ihr anstellte. Er war so aufgeregt, daß er in die Küche rannte, ein Tablett mit Gläsern und eine Flasche Chianti brachte. Er öffnete die Flasche, schenkte ein und trank ihr zu. Sie stellten die Gläser auf die Konsole unter dem Spiegel und küßten sich. Es schien ihnen, als sei es das größte Wunder, seit der heilige Franziskus nicht weit von hier einen wilden Wolf gezähmt hatte.

Ich habe gewußt, sagte Lisa, daß es solche Hingabe gibt, aber glaube mir, ich habe nicht gewußt, daß sie so überwältigend sein kann.

Du hast sie nicht erlebt?

Nein, sagte sie. Es gibt Frauen, die sie nie erleben. Und dann, nach einer verschämten Pause, setzte sie hinzu: Auch viele Männer haben keine Ahnung davon. Es ist ein Geheimnis.

Gegen sieben Uhr, wenn Lisa zum Abendessen im Hotel sein wollte, mußten sie fahren. Sie hatte nichts ausgemacht; gewöhnlich pflegte sie ihren Mann zum Essen zu treffen. Er lasse ihr Freiheit, würde aber enttäuscht sein, wenn sie nicht da wäre.

Pöring fragte, ob das eine Verabredung auf Gegenseitigkeit sei.

Sie lachte: O nein! Wenn der Ingenieur zu spät komme, sei das etwas anderes; sie müsse dann warten. –

Gemeinsam durchstreiften sie, Hand in Hand, ein verträumtes Liebespaar, die unmittelbare Umgebung des Jagdhauses. Dort hing vom Ast einer alten Pinie das Brett einer Schaukel, welche die Spadinischen Kinder einst benutzt hatten. Lisa setzte sich darauf und blickte zu einem nur in ihrer Phantasie vorhandenen Specht in die Baumkrone. Pöring hängte sich an das Seil, um es zu erproben, ehe er die Schaukel in Betrieb setzte. Jedesmal, wenn Lisa rückwärts auf ihn zuflog, gab er ihr Schwung, so daß er beim Berühren ihres Rückens einen Schauer oder Schauder empfand. Die Sonne stand tief, und man konnte sich einbilden, die Hitze des Tages habe nachgelassen. Als Pöring die Schaukel anhielt, nahm er Lisa in die Arme. Er spürte immer noch das Beben ihres Körpers.

Sie lief ein wenig seitwärts, nahm einen winzigen Pilz und aß ihn roh.

Pöring zog die Brauen hoch, er mochte sie nicht hindern. Als sie zurückfuhren, sahen sie von ferne den silbern blanken Spiegel des Meeres. Als sie durch Ravenna kamen, hatte sich der Verkehr beruhigt. Sie konnten die Stadt in einem Zuge durchfahren. Als sie an Pörings Hotel vorbeikamen, wies er darauf hin. Sie ergriff seine Hand mit einer fast krampfhaften Bewegung.

Es ist ein Hotelzimmer. Ich lebe aus dem Koffer; außer ihm habe ich nur eine Schreibmaschine.

Ich stelle mir vor, daß du Bücher brauchst.

Die Bücher, die ich brauche, stehen in jeder besseren Bibliothek; in Ravenna haben sie alles, was ich brauche – außer dir.

Wie schön das ist, sagte sie. Er verstand im ersten Augenblick nicht, was sie meinte und sah sie an. Sie fuhren an Sant' Apollinare in Classe vorbei, wo sie sich am Morgen nicht länger als zwanzig Minuten aufgehalten hatten.

Was ist schön? fragte er.

Daß du sagst, du hättest alles, was du brauchtest – außer mir!

Sie beugte sich nieder und küßte seine Hand. Sie bogen

ab zur Marina, und wenige Minuten später hielten sie vor dem President.

Lisa überblickte die geparkten Fahrzeuge und sagte, wenn Lippert in angenehmer Begleitung sei, komme er gewöhnlich spät zurück. Du kannst auf dem hinteren Parkplatz nachsehen.

Es erwies sich, daß der Lippertsche Wagen noch nicht da war, und weil bis zum Essen eine halbe Stunde Zeit war, ging Lisa mit Pöring zum Strand: Du denkst dir nichts, wenn dein Mann mit fremden Damen fährt und dich zurückläßt?

Er unterhält sich und ist glücklich, wenn er anerkannt wird. Ich finde das Wort charmant nicht richtig für einen Mann wie ihn. Er ist freundlich, höflich, liebenswürdig, und er sieht blendend aus – finden Sie nicht? Verzeih mir, unterbrach sie sich, ich kann mich nicht so schnell an das Du gewöhnen.

Ich verstehe ihn nicht. Wie kann er die Gesellschaft zweier fremder Damen der deinen vorziehen? Du bist jünger, schöner, intelligenter und viel natürlicher als diese Zufallsbekanntschaften von reisenden Witwen, oder was immer sie sein mögen.

Du vergißt eines, und dies eine bekommt er von mir nicht.

Und was ist das?

Kritiklose Zustimmung.

Das ist ja entsetzlich, sagte Pöring, eine Frau wie dich zu haben, sie zu lieben, zu bewundern, und von ihr verschmäht zu werden! Dann verstehe ich nicht, weshalb ihr zusammen lebt, Reisen macht . . .

Das ist schwer zu verstehen; und sich an ihn pressend, daß er ihre Brust an seinem Oberarm spürte, fuhr Lisa

115

fort: Was ich mit dir erlebt habe, hatte ich noch nie erlebt. Mit ihm nicht, mit niemandem. Und doch habe ich gewußt, daß es so etwas gab oder geben mußte und daß ich dafür geschaffen bin, es zu empfinden. Verstehst du das, Paul? Ich glaube, du verstehst es nicht oder verstehst es noch nicht! Du bist eine glückliche Natur, und dein Glück besteht zum Teil darin, daß du dir nicht recht vorstellen kannst, warum Menschen, die glücklich zu sein scheinen, unglücklich sind, daß auch eine scheinbar glückliche Ehe sehr unglücklich für die Frau sein kann.

Es war dunkel geworden, im President gingen die Lichter an. In einer halben Stunde würde man beginnen zu servieren. Lisa warf sich noch einmal leidenschaftlich in Pörings Arme. Sie sagte stammelnd: Mein Liebster, mein Liebster! Ich könnte dir ganz andere Geschichten erzählen als die von dem armen Fuchs, den ich erlegt habe. Treffen wir uns morgen nachmittag bei den Bergungsschiffen?

Er sagte, er werde kommen. Die Venus sei in den Werkstätten gereinigt; es handle sich um ein hervorragendes Stück, ein Original aus der klassischen Zeit.

18

Lisa ging am Fahrstuhl vorbei und nahm die Treppe. Sie wollte allein sein. In ihrem Zimmer warf sie sich auf das Bett und begann hemmungslos zu schluchzen. Warum weinte sie? Durch das offene Fenster hörte man die Brandung auf dem leeren Strand sich brechen. Die Böen eines warmen Windes ließen die Vorhänge wie gefesselte Spiralen ins Zimmer flattern: Die Bora fällt vom Karst Dalmatiens herunter und bildet auf der warmen Adria Zyklone. So erklären sich die plötzlichen Stürme. Lisa hatte jetzt keinen Sinn dafür, sie schloß die Fenster ihres Appartements. Als ihr Blick auf das Zifferblatt des Weckers fiel, blieb er haften auf der Zeitangabe, und sie sprach, als wolle sie die Zeit anhalten: acht Uhr, acht Uhr, acht Uhr. Aber der Zeiger ging weiter, sie kam zu sich, stand auf und kleidete sich um.

Ihr Mann betrat das Zimmer, fröhlich und aufgeräumt: Entschuldige mich – du hast geweint?

Nein, sagte sie, nein, aber die Tränen straften ihre Worte Lügen.

Es ist später geworden, sagte er, entschuldige bitte. Du brauchst doch nicht zu weinen . . .

Die weibliche Seele gleicht mit ihren Facetten einem Edelstein. Du hältst ihn in der Hand und kannst nicht anders als staunen über die gleichmäßige Festigkeit. Glanzfläche stößt an Glanzfläche, und so spiegelt sich in ihnen die Träne, aber du unterscheidest nicht die Träne der Freude von der des Leids. Geschickt wie ein Diamantenschleifer weiß die Frau kleine Fehler, Risse im Innern und wolkige Trübungen unter dem Glanz und Feuer ihrer Seele zu verbergen.

Hast du dich gut unterhalten? sagte Lisa. Wie war die Fahrt, und vor allen Dingen, wie war Venedig?

Wenn du die Damen siehst, hältst du sie für Großstädterinnen, doch wenn du sie hörst, sind es kleinstädtische Freundinnen. Du merkst, daß sie sich bemühen, den Eindruck von Gott weiß welcher Reserviertheit zu erwecken . . .

Da bist du also an die richtige Adresse gekommen.

Sie stellen keine Ansprüche. Sie sind froh, mitgenommen zu werden. Sie haben zwar ein Auto, wagen aber nicht damit zu fahren.

Und warum?

Sie fürchten, man könne ihren Wagen aufbrechen.

Das geschieht heute vielen.

Ihnen darf es nicht passieren. Der Wagen ist ein Schaustück.

Sieh mal an, sagte Lisa. Sie kannte Lipperts Erlebnisse und wußte, daß sie fast immer mit einer Enttäuschung endeten.

Da er sich selbst nicht kannte und seine Liebenswürdigkeit im Umgang mit Damen mit erotischer Strahlkraft verwechselte, hielt er Lisas Tränen für solche des Kummers um seinetwillen und suchte sie zu beruhigen: Du hättest mitfahren sollen, du hättest dich gut unterhalten! Sie haben sich sehr für dich interessiert, und es hätte nicht viel gefehlt, dann hätte ich eine Einladung, sie auf dem Rückweg in Deutschland mit dir zu besuchen, angenommen.

Das hast du hoffentlich nicht getan?

Aber nein! Die eine ist Witwe und hat eine Drogerie; die andere, ihre Freundin, ist geschieden und tut nichts.

Während dieser Unterhaltung hatte das Ehepaar sich umgezogen und fuhr mit dem Lift zum Speisesaal. Lipperts Reisebegleiterinnen waren noch nicht da.

Und was hast du getan, fragte Lippert, als sie bei der Vorspeise waren. Lisa erzählte, daß Pöring ihr die Kirchen von Ravenna gezeigt habe, daß sie zum Essen in Faenza gewesen seien und daß er ihr auf der Rückfahrt das Jagdhaus seiner italienischen Bekannten, der Spadinis, gezeigt habe.

War es interessant für dich?

Es war sehr interessant, ich habe viel gelernt. Herr von Pöring hat eine Art zu belehren und zu unterhalten, daß man bereichert wird.

Lippert warf seiner Frau einen raschen Blick zu. Nicht daß ihre Ausdrucksweise ihm zweideutig vorgekommen wäre, aber er fand sie gespreizt; das Wort »bereichert« erfüllte ihn mit einem gewissen Unbehagen, ohne daß er es hätte erklären können. Die Spuren von Lisas Tränen waren unsichtbar gemacht, und er fand, daß ihre im Farbton wechselnden Augen durch den Lidschatten an Wirkung gewonnen hatten: Du siehst reizend aus, sagte er. Es tut mir leid, daß du geweint hast, als ich fort war . . .

Nicht deshalb habe ich geweint, sagte sie.

Er ließ sich verwirren: Nicht deshalb? – Es war also, weil ich so lange fortgewesen bin? Es ist nicht richtig, daß ich dich allein gelassen habe. Der Weg nach Venedig ist nicht weit, aber auf Landstraßen kommt man nicht über sechzig Kilometer Durchschnitt hinaus. Wir sind die Hälfte des Tages gefahren.

Du brauchst dich nicht zu entschuldigen, Georg, sagte sie. Sie war empört über seine Ahnungslosigkeit; er ging immer von sich aus. Auf der andern Seite konnte sie auf diese Weise ungestört ihren Erinnerungen an den Nachmittag im Jagdhaus folgen. Sie hatte ihrem Mann genug gesagt. Sie könnten sich in den nächsten Tagen, wenn sie Pöring träfen, unverfänglich über die Kirchen Ravennas, das Essen in Faenza und den Ausflug zum Spadinischen Jagdhaus unterhalten. Sie würden auf verschiedenen Ebenen mit den gleichen Worten reden. Mit Schrecken stellte Lisa fest, daß ihre Erinnerungen von einem süßen Entzücken begleitet waren. Dies Gefühl verließ sie den ganzen Abend nicht. Als die beiden Damen mit dem Wimpel ihrer getönten Frisuren erschienen, war Lippert abgelenkt und konnte sich nicht genug tun in freundlichen Verbeugungen, Winken und Zuprosten, so daß Lisa schließlich sagte, er möge sich weniger auffällig benehmen.

Auffällig? Wieso auffällig?

Du kannst dich nach dem Essen zum Kaffee an die Bar setzen. Ich bin überzeugt, sie kommen dann auch.

Als es soweit war und Lippert zwar nicht zum Kaffee, sondern zu seinem geliebten Bier mit Lisa zur Bar ging, trippelten die Damen mit aufgesetztem Lächeln heran, überschütteten Lisa mit Schilderungen der Fahrt nach Venedig, bedauerten, daß sie nicht mitgefahren war, und gingen ihr mit einem Schwall leerer Beteuerungen derart auf die Nerven, daß sie Müdigkeit vorschützte und auf ihr Zimmer ging. Es war nicht Eifersucht, was sie bewegte. Sie kannte ihren Mann zu gut.

Sie hatte den Wunsch, allein zu sein und an Pöring zu denken. In ihrer Phantasie rief sie sich den ganzen Tag zurück, jedes Wort, das er gesprochen, jede Höflichkeit, die er ihr erwiesen hatte, wie er stand und ging, wie glücklich sie gewesen war über seine Einfälle und Vorschläge, über seinen Takt im Umgang mit ihr, vor allem aber jene in ihrem Bericht ausgesparten Stunden im Jagdhaus. Sie wunderte sich nicht; sie empfand eine verzweifelte Zärtlichkeit. Wieder und wieder nannte sie ihn Paul. Sie rief mit dem Namen seine Anwesenheit zurück. Abermals brachen die Tränen wie ein Strom aus ihrem Innern. Sie überließ sich ihnen, bis sie vor Erschöpfung einschlief.

Als ihr Mann nach einer halben Stunde kam, wurde sie wach und sah ihn schweigend an. Verzeih, sagte er, ich konnte nicht gleich mitkommen. Und als Lisa nichts erwiderte, kam ihm zum Bewußtsein, daß sie gekränkt sein müsse. Er war so überzeugt von seiner Unwiderstehlichkeit, daß er glaubte, Lisa sei eifersüchtig auf die beiden Damen; und in diesem Glauben schloß er jede andere Möglichkeit für ihren Kummer aus. Solche Blindheit gehört zur Persönlichkeit des von sich selbst überzeugten Menschen; sie ist eine Voraussetzung für das Gleichgewicht der Seele.

Verzeih mir, sagte er, ich wollte dich nicht kränken. Ich weiß, daß du hin und wieder gern allein bist . . .

Als sie immer noch nichts sagte, fuhr er mit der Miene des Unbelehrbaren fort: Es gibt einen himmelweiten Unterschied zwischen den Formen des Umgangs mit Damen wie diesen und dir. Ihnen gegenüber bin ich höflich; ihre Aufmerksamkeit reizt mich zu Komplimenten und Scherzen. Kann man sie doch unglaublich leicht zum Lachen bringen! Bei dir ist es anders, und ich bedaure, daß ich dich unter den Schwankungen meiner Natur leiden lasse. Ich liebe nur dich, das weißt du. Du bist die einzige Frau, deren Gesellschaft ich ertrage. Aber du erträgst mich nicht, darunter leide ich, begehe Taktlosigkeiten wie heute, fahre davon und lasse dich allein . . .

Es ist gut, erwiderte sie mit kühler Höflichkeit. Er ist vollkommen ahnungslos, dachte sie.

Lippert ließ sich nicht entmutigen, er fuhr fort: Du hast Grund, unzufrieden zu sein. Ich glaube aber, daß es richtig von mir war, dich mit Doktor Pöring allein zu lassen, denn für die Mosaiken interessiere ich mich nicht. Ich denke, du bist mit ihm allein viel besser zurechtgekommen, als wenn ich dabeigewesen wäre.

Der Gedanke, daß Lippert Schuldgefühle hatte, die mit ihrer Person, wenn auch unter falschen Voraussetzungen, zu tun hatten, rührte Lisa und nahm sie wieder für ihn ein. Laß uns schlafen, sagte sie und ließ sich gefallen, daß er ihre Hand küßte, bevor er in sein Zimmer hinüberging.

19

Nicht minder aufgewühlt als Lisa war Pöring seit dem Nachmittag im Jagdhaus. Er war sich nicht einmal klar über den Charakter seiner Liebe zu Lisa. War es Wertschätzung ihrer Art und ihres Wesens, war es eine sogenannte Liebe auf den ersten Blick gewesen, oder war es die ungeheure Überraschung, daß er mit seinen Jahren eine große Liebe zu erleben von jenen Mächten gewürdigt war, die unser Schicksal in der Tiefe bestimmen? Er wagte sich diese Wahrheit kaum einzugestehen, da er daraus hätte Schlüsse ziehen müssen, und er wußte, daß weder von Lisa noch von ihm diese Schlüsse gezogen werden konnten. Wenn ein Erlebnis sich aus solchen Quellen nährt, den Mann bis in die Tiefe ergreift, dann fühlt er sich nicht weniger als die Frau der Leidenschaft ausgesetzt und hat sich zu entscheiden.

Als er merkte, daß Lisa durch ihn wie nie zuvor in ihrem Leben glücklich geworden war, daß bei ihr als Frau etwas eingetreten war, was sie nicht kannte oder nur dem Hörensagen nach kannte, und sie daraus blitzartig die Gewißheit empfangen hatte: Es ist das Glück des Paradieses vor dem Sündenfall, da erkannte er, daß seine Liebe nicht aus Leichtsinn, nicht aus einer Stimmung erwidert wurde, sondern mit ergriffener Zuneigung.

Er ging jeden Tag am späten Nachmittag zur Landungsstätte der Bergungsboote, obwohl diese nicht mehr kamen. Die Bergung war abgeschlossen, die Funde wurden im archäologischen Institut gereinigt. Normalerweise wäre er dorthin gegangen und hätte sich mit den Konservatoren unterhalten. Statt dessen ging er am Strand auf und ab in der Hoffnung, die Lipperts zu sehen. Er hatte nicht anzurufen gewagt, obgleich er sich sagen mußte, daß Lisa auf einen Anruf wartete und ihr Mann ihn nicht als ungewöhnlich empfunden hätte.

Der Sturm hatte das Meer verändert, es war gröber und lauter geworden. Auf dem Strand sah man Schwemmgüter, die noch nicht beseitigt waren, und die Sandbank, an deren Rand das antike Schiff gescheitert war, blieb unsichtbar. Der Himmel war jedoch strahlend hell. Pöring wollte seinen Spaziergang etwas weiter ausdehnen, als er an einem der Pinienwäldchen, die hier stellenweise bis ans Ufer reichen, den Umriß einer weiblichen Gestalt wahrnahm; sie bewegte sich auf ihn zu. In der Hoffnung, es sei Lisa, beeilte er seine Schritte, mit dem Erfolg, daß sie sich umwandte und hinter dem Wäldchen verschwand; er lief hinter ihr her, erkannte sie und rief ihren Namen. Erst jetzt blieb sie stehen, wandte sich um und ließ ihn auf sich zukommen.

Hast du auf mich gewartet? fragte er.

Ja, sagte sie, ich habe jeden Tag auf dich gewartet.

Er erwiderte: Ich war täglich an der Landestelle, wo wir uns zuerst gesehen haben.

Ich weiß, sagte sie, ich bin aber jedesmal hierhergegangen, wo wir ungestört sind. Mein Mann hat keinen

Verdacht, und ich kann gehen, wohin ich will; aber er sollte uns nicht zusammen sehen.

Pöring wunderte sich über Lisa, obwohl er seit Tagen keinen anderen Gedanken hatte als den an sie und er sich bemühte herauszufinden, weshalb das so war. Ihre Intelligenz sprach aus dem Verlauf ihrer Begegnungen, und wenn er sich eingestehen mußte, daß die Liebe vielleicht dazu beitrüge, ihr Bild in seinem Herzen aufzuhöhen, so wie man selbst im Geplapper eines jungen Mädchens den Liebreiz vernimmt, war er sicher, daß es eine dunkle Stelle gebe, vielleicht ein Geheimnis. Auf der einen Seite war Lisa stolz, auf der andern unterlag sie Schwankungen der Empfindung, zum Beispiel für oder gegen ihren Mann, und vielleicht auch ihm, Pöring, gegenüber. Er war zu wenig einfältig, um das nicht zu spüren. Darf Lippert uns nicht sehen, fragte er, wenn wir am Strand spazierengehen? Er hat uns in den vergangenen Tagen doch auch gesehen.

Er darf uns sehen, antwortete sie, er findet überhaupt nichts dabei, zumal er dich schätzt. Aber nach dem, was geschehen ist, bin ich ihm gegenüber in einer neuen Lage. Du wirst bemerkt haben, daß unser Verhältnis von seiner Seite her freundlich und rücksichtsvoll ist. Das geht so weit, daß er mir jede Freiheit läßt und nichts dabei findet, daß ich mit dir einen Tagesausflug gemacht habe oder wir uns am Strand trafen. Ich wünsche ihm alles Gute und kümmere mich um seine geschäftlichen Angelegenheiten. Er ist, obwohl pensioniert, immer noch Berater seiner Firma, und doch, mein lieber Paul, ich bin überzeugt, daß ich ihn nicht so liebe, wie ich sollte, nicht mit jener Leidenschaft, die ich erst jetzt kennengelernt habe. Ich müßte den

Namen Lippert verabscheuen und an nichts denken, als mich von ihm zu trennen. Dann würde ich mit dir wie irgendeine Ehebrecherin davonlaufen, teils aus Leichtsinn, teils aus Dummheit.

Sie waren den Strand entlanggegangen wie schon öfter in den letzten Tagen, weit hinaus über die Fischerkapelle, wo auf einem Rost voll Dornen die Kerzen vor der Madonna brannten. Die Kapelle war zum Dank für die Errettung einiger Fischerboote aus Seenot errichtet worden. Jahrhundertelang hatte die Madonna ihre schützenden Kräfte an Männern und Frauen bewährt, die sie verehrten. Es war kein Gnadenbild und Wallfahrtsort daraus geworden, aber die Kerzen, das Sinnbild des immerwährenden, sich in Flammen verzehrenden Fürbittgebets, waren nie ausgegangen.

Sie wanderten zurück. Pöring suchte zu erraten, was die Frau, die er liebte, in den langen Jahren ihrer Ehe mit Lippert empfunden haben mochte, da die ihm bekanntgewordenen äußeren Umstände doch gegen eine Bindung sprachen: getrennte Zimmer, keine Kinder; die Urlaubsreisen, bis auf diese letzte, von beiden allein unternommen; der Mann erregte keine Eifersucht bei ihr; er machte Ausflüge mit fremden Damen; sie selbst erregte umgekehrt nicht seine Eifersucht, wenn sie mit Pöring Tage und Nachmittage verbrachte. Wenn die Eheleute spazierengingen, machten sie sich selbständig. Beide verhielten sich wie ein Paar, das nebeneinander und nicht miteinander lebt. Beide unterhielten sich und amüsierten sich, aber beide waren ebenso froh oder noch froher, wenn sich der andere Teil mit sich selbst beschäftigte. Es würde mich brennend interessieren, fragte er sich, ob Lisa ihn betrogen hat. Sie leugnet es, das tut jede Frau. Habe ich sie nicht als leidenschaftliche Geliebte kennengelernt? Sie sagt, es sei das erstemal in ihrem Leben – und das mit vierzig oder fünfundvierzig Jahren! Doch woher kommt der traurige Gesichtsausdruck, wenn sie sich unbeobachtet weiß?

Was denkst du? sagte Lisa. Du kannst mir alles sagen, was du denkst.

Ah, du beschäftigst dich mit mir?

Seit ich dich kenne, beschäftige ich mich mit dir. Ich sagte dir schon, daß ich Lippert in Südamerika kennengelernt habe, und zwar in Argentinien, wo er für eine Firma arbeitete. Ich studierte südamerikanische Geschichte und wollte mir einen Eindruck von Land und Leuten verschaffen. Bei uns hat man keine Vorstellung von diesem riesigen Kontinent und seinen viel weniger als die Nordamerikaner in europäischen Überlieferungen steckenden Menschen. Was uns in Europa an diesem Länderkomplex chaotisch erscheint, ist an Ort und Stelle ein Prozeß der gegenseitigen Durchdringung, der Verschmelzung heterogenster Rassen, Sprachen, Kulturen, Stände und Lebensformen. In der deutschen Kolonie lernte ich Lippert kennen. Seine Lebensart und sein Auftreten gefielen mir. Er lebte seit Jahren in Mexiko, Venezuela, Kolumbien und Argentinien, kannte die Menschen, die Sprache und die Gesellschaft. Durch ihn kam ich in wenigen Wochen überall hin, wo ich wollte. Ich merkte natürlich, daß er sich in mich verliebte. Seine ritterliche Art gefiel mir; er war fast doppelt so alt wie ich. Innerhalb eines halben Jahres heirateten wir. Anfangs hatte ich den Eindruck, ich sei für ihn eine Art von Spielzeug. Es gibt ja

Männer, die heiraten, um mit der Frau in der Öffentlichkeit Eindruck zu machen. Dann aber mußte ich merken, daß es mehr war, daß ich seinem etwas leeren Leben nicht Sinn gab, nein, das wäre zuviel gesagt, aber er war stolz auf mich! Das war für mich eine schmeichelhafte Erfahrung. Kinder wollte er nicht, das könne man nicht verantworten . . .

Du hast ihn nicht so geliebt, daß du ein Kind von ihm gewollt hättest?

Als junge Frau? Ja und nein. Ich stand unter dem Einfluß seiner Ansichten, so daß ich darauf einging. Heute weiß ich, daß es ein Fehler war. Die Liebe erkaltete. Aber er merkte es nicht: Er schätzte seinen Wert so hoch ein, daß er es für unmöglich hielt, nicht geliebt zu werden. Ach Paul, es war keine richtige Ehe, und so ist es seit zwanzig Jahren.

Und das mit dir, Lisa, einer jungen Frau, unter dem Vorgeben von Liebe? Hat er dich betrogen?

Ich weiß es nicht; ich wollte es nicht wissen. Er pflegte sich seiner Wirkung auf Frauen damals wie heute zu rühmen, und das wird wohl Ursachen haben. Es lag mir nicht, zu spionieren oder zu kontrollieren. Freundinnen schrieben ihm Briefe und er zeigte sie mir; nicht daß er sich damit brüsten wollte, sie bestätigten ihn im Gefühl seiner Wirkung auf das andere Geschlecht. Er war ja ein Mann, ein richtiger Mann, aber irgendwie steckte hinter dieser Prahlerei dasselbe wie hinter Don Juan oder Casanova: die Unfähigkeit, das Glück der Liebe zu empfinden oder zu vermitteln. Es gibt doch nichts Lächerlicheres als den Hahn, der seine Triumphe über die Hühner hinausschreit. Für ihn war ich ein Schmuckstück, und bei mancher schwierigen Konstellation, bei seinem beruflichen Aufstieg in der Firma, hat es ihm genutzt, daß er mich hatte . . .

Ist das wahr, Lisa? sagte Pöring.

Es ist wahr; manche Stellung hätte er ohne mich nicht bekommen.

Du hast ihn also betrogen?

Lisa blieb ruckhaft stehen: Wie meinst du das? Schon nach einem halben Jahr wußte ich, daß meine Ehe gescheitert war. Ich benutzte eine Reise nach Europa zu meinen Eltern, um einen Jugendfreund zu treffen, der sich in mich verliebt hatte und mich hatte heiraten wollen. Ich schickte ein Telegramm voraus; er holte mich in Hamburg ab – um mir seine Frau vorzustellen. Nach vierzehn Tagen fuhr ich nach Argentinien zurück, und seither bin ich bei meinem Mann geblieben.

Sie kamen zu der Kapelle der Fischer. Die Tür war offen, und drinnen fanden sie vor dem Bild der Muttergottes die Batterie von Lichtern. Lisa nahm eine Kerze, warf das Geld ein, zündete die Kerze an und stellte sie auf einen der eisernen Dorne zu Füßen des Bildes. Sie tat das, ohne ein Wort zu sagen, warf Pöring aber einen Blick zu. Er war verblüfft, das war mehr, als er erwartet hatte. Er hielt ihren Blick aus. Was sie sah, war sein ruhig leuchtendes Auge und ein Lächeln. Sie gingen die Stufen der Kapelle hinab und machten sich auf den Heimweg.

Hast du später nie daran gedacht, dich von Lippert zu trennen, sagte er, so wie du es bei der Reise nach Hamburg vorgehabt hattest?

Ich war zu stolz, sagte sie, ich war zu stolz, zuzugeben, daß ich einen Fehler begangen hatte, und zu stolz, meinen Mann, der nichts ahnte, zu verlassen.

Damals war man noch nicht so weit, daß man bei einer Krise auseinanderlaufen durfte. Und im übrigen hat Lippert mich verwöhnt; er war stolz auf mich – es war freilich ein anderer Stolz als meiner. Wie ich schon sagte, war ich seiner Karriere nützlich. – Lisa wiederholte das Wort: Ich war seiner Laufbahn sehr nützlich, ohne mich hätte er es nicht so weit gebracht.

Weiß er das?

Natürlich weiß er es. Er gesteht es sich nicht ein, aber in der Tiefe seines Gewissens weiß er es, wenn er auch nicht darüber spricht. Das wäre zuviel für sein Selbstbewußtsein.

Stelle dir vor, wir wären uns vor zwanzig Jahren begegnet, so wie wir uns jetzt begegnet sind –: Was wäre dann passiert?

Ich hätte mich von ihm getrennt.

Sie blieb stehen, und er sah, daß die Tränen ihr aus den Augen liefen. Da sie hoffte, er bemerke es nicht, nahm sie kein Taschentuch.

Du kennst mich erst kurze Zeit, sagte er.

Man braucht nicht viel Zeit, um jemand gern zu haben. An jenem Abend, als wir im Schwimmbad tanzten, erschrak ich im ersten Augenblick, als ich spürte, mit welcher Leidenschaft du mich im Arm hieltest, aber es war nur ein Augenblick. Ich entschloß mich, das Angebot – denn so verstand ich dich – anzunehmen. Ich hatte kein schlechtes Gewissen. Warum soll ich als Frau nicht das Recht haben, zu lieben? Ich hatte keine Angst. Darum bin ich zu dir gekommen und bin mit dir nach Faenza gefahren. Ich wußte nicht, aber ich ahnte, daß du mich nicht ohne Absicht dorthingebracht hast – sage mir, war es ein Zufall, oder war es ein Plan?

Pöring lächelte: Ich habe nicht darüber nachgedacht, meine liebe Lisa, es war kein Plan; aber wenn es ein Zufall war, habe ich ihn angenommen, und das nennt man etwas hochtrabend Schicksal. Oder meinst du, unsere Begegnung sei ein Zufall und sonst nichts?

Nein, nein, gar nicht!

Du bist eine kluge Frau, aber du bist auch eine natürliche Frau, und zur Natur der Frau gehört die Leidenschaft.

Ja, sagte sie.

20

Am Tage darauf brachte Pöring das Ehepaar Lippert
zu den Spadinis. Er vertraute der Unwiderstehlichkeit
Lipperts bei den Damen und dem Eindruck Lisas auf
die Männer. Er hoffte, daß die Spadinis sich geschmeichelt fühlen würden, wenn die Lipperts italienisch
sprachen, wenn sie auch ins Spanische fielen – was sogar, wie Pöring bemerkt zu haben glaubte, den größten
aller Erfolge bei den Zuhörern hatte, nämlich den ko-
mischen.

Der Hausmeister öffnete den Gästen das Hoftor. Indem sie hindurchschritten, traten sie aus der modernen
Welt hinüber in die aristokratische von gestern. Galla
hatte allem Zureden ihrer Mutter widerstanden und
trug die venezianischen Harlekinhosen und goldene
Sandalen mit Riemen. Der Spiritual Don Ramo hatte
versprochen zu kommen. Die Truffaut saß hochaufge-
richtet am Teetisch, und sogar der Graf, in einem blau-
en Nadelstreifenanzug, gab sich diesmal nicht als Jäger, sondern als Aufsichtsratsmitglied der Banca Commerciale.

Die Gräfin ging, als der Hausmeister die Gäste anmel-
dete, auf die Lipperts zu und sagte, sie habe viel Gutes
von ihnen gehört, freue sich, sie zu sehen und hoffe,
daß sie gut untergebracht seien. Das President gelte als
eins der besten Hotels der Marina.

Während man unter höflichen Redensarten die Plätze

einnahm, hatte Spadini es so eingerichtet, daß er neben Lisa saß, während die Gräfin und Mlle. Truffaut Lippert zwischen sich hatten und Pöring auf der anderen Seite der Gräfin saß. Neben ihm war der Platz Don Ramos vorgesehen. Galla hielt sich seitwärts; sie sann auf Gelegenheit, so bald wie möglich in ihr Zimmer zu entwischen.

Nach dem Scharmützel höflicher Worte, die man zur Begrüßung wechselt, ging man zu freundlichen Erkundigungen über und nahm Gelegenheit, einander zu betrachten, das heißt, die Damen und der Graf musterten das Kleid und die Frisur Lisas, und diese ihrerseits, daran denkend, daß sie gestern noch in Pörings Armen gelegen hatte, vermittelte den Damen den Eindruck einer vollkommen glücklichen Frau. Der Graf war überrascht. So etwas hatte er nicht erwartet. Lisa war sich des Eindrucks bewußt und gab vorerst nichts als ein stummes Lächeln preis. Lippert unternahm den ersten Angriff: Haben Sie gute Erfolge mit Ihrem Ölhafen, Herr Graf?

Unbewußt hatte er einen wunden Punkt der Unternehmernatur Spadinis getroffen.

Dieser Hafen, Herr Ingenieur, ist ein staatliches Unternehmen und wie alle Unternehmen dieser Art ist er zum Scheitern verurteilt. Der Staat als Unternehmer oder als solcher, der sich in alle Unternehmen einmischt, besitzt kein Talent. Als Jäger kann ich nur sagen, wie kommt dieser Hund in die Koppel?

Lippert amüsierte sich. Er versuchte sein Glück bei den Damen, und da er wußte, daß der Weg zum Herzen der Mütter über das Lob ihrer Kinder führt, pries er Gallas Anzug als anmutig und hinreißend (sein

Lieblingswort). Als alter Herr dürfe er sich gewiß erlauben zu bemerken, wie gut es tue, bei jungen Leuten einen kühnen Geschmack festzustellen . . .

Alles lachte.

Das war der Beifall, den Lippert brauchte: Wenn er Gallas Geschmack lobe, so gründe sich das auf den Gegensatz zu den im Norden grassierenden Idealen, wo die Weiblichkeit, schade schade, mit Häßlichkeit und Nachlässigkeit gerade in jenen Dingen kokettiere, die auf das Geschlecht der Männer zugeschnitten seien.

Pörings Augen ruhten nachdenklich auf dem Gesicht Lisas – genauso die Augen des Grafen Spadini. Aber wenn Pöring meinte, es würde nicht bemerkt, hatte er die Aufmerksamkeit der Mlle. Truffaut unterschätzt. Mit dem Instinkt des Neides entdeckte sie in Pörings Blick die Zärtlichkeit für Lisa. Sie war getroffen wie von einem Beilhieb. Am liebsten wäre sie aufgestanden und gegangen. (Sie hoffte, der Graf würde ein verführerisches Wort an Lisa richten.) Auch die Gräfin hatte eine Ahnung, daß eine Beziehung zwischen ihrem Vetter und der Frau des Ingenieurs bestehe. Sie war aber viel zu gut erzogen, als daß sie es sich hätte anmerken lassen.

In diesem Augenblick wurde Don Ramo gemeldet, und augenblicklich verschwanden die stechenden Wespen der Eifersucht aus dem Salon. Don Ramo war gewiß kein Frauenkenner. Seine Kraft galt den Aufgaben als Konservator der geistlichen Liegenschaften um Ravenna. Zugleich aber war er Spiritual und Beichtvater. Mit einem Blick hatte er die Lage erfaßt: Den Jägerblick des Grafen, die Verachtung der Gouvernante, die Nachsicht der Gräfin, die Neugier Gallas, die plötzlich

134

nicht mehr den Plan hatte, sich bei erster Gelegenheit zu verziehen, und die Selbstsicherheit des Ingenieurs. Im Mittelpunkt des Zyklons aber stand, das spürte er, die Frau aus Deutschland. Wie sehr doch, dachte er, das menschliche Herz berührt wird von der Liebe.

Der Bankier Spadini lebte, wie wir sahen, in Freude und Sorglosigkeit dahin. Sein Beruf ließ ihn glauben, er verstehe mehr vom Leben als alle andern. Eine angeborene Anlage, mit allem, was das Leben ihm gebracht hatte, glücklich zu sein, war hier, im Kreis der Seinen und der Gäste deutlich zu spüren; sie war so fühlbar, daß seine Frau verstimmt war; sie wußte ja, daß die Nachmittage ihres Mannes in Ghibulla nicht von der Jagd auf Wachteln ausgefüllt wurden. Und wenn in seinem eigenen Haus, wo er sich ungeniert fühlte, ein hübsches Stück weiblichen Wilds auftauchte, dann brach sein Instinkt durch. –

Wenn der Gastbetrieb an der Marina, der uns oft lächerlich dünkt, solche Teilnehmerinnen hat, dann habe ich den Blick auf die Lipperts ganz zu Unrecht abgelehnt, dachte er. Er vergaß freilich, daß Pöring, der Vetter seiner Frau, Lisa nicht zufällig hergebracht hatte. Plötzlich fing er einen Blick Pörings auf, und dieser Blick ruhte auf ihm und sagte: Du hast gemerkt, was in mir vorgeht, und mehr als bei der Schwester des Bürgermeisters von Ghibulla kannst du nicht erwarten: Laß die Augen davon!

So verschwand diese Wolke vom Himmel des Fünf-Uhr-Tees. Don Ramo erkundigte sich bei Pöring nach dem Fortschritt seiner Arbeiten. Er warf die Bemerkung hin, er müsse die aus dem Meer geborgene Venus im archäologischen Institut noch einmal ansehen. Es

135

handle sich wirklich um ein klassisches Stück aus Griechenland; er jedenfalls freue sich über diese Ergänzung der heimatlichen Schätze. Vom Nacken bis zu den Glutäen laufe eine Linie von ungemeiner Kraft.

Die Gräfin unterhielt sich mit Lisa. Diese trug ein taubenblaues Kleid mit einer Passe, das sich trotz seiner Weite eng an die Brust schmiegte. Paris, dachte die Gräfin, das muß Paris sein, und warf ihrem Mann einen Blick zu, der sagen sollte: Starre sie nicht so an! Pöring saß da wie verzückt, aber es war nicht Lisas Anblick, sondern Lisas Stimme: Sie haben uns empfangen, Gräfin Spadini, als seien wir Freunde . . .

Warum nicht, Signora! Mein Vetter hat uns so neugierig gemacht, daß wir Sie einladen wollten. Die Deutschen und die Italiener haben so viel Respekt voreinander, daß man es fast Liebe nennen kann – jedenfalls auf der Basis, auf der wir unsere Freunde haben.

Lippert griff die Worte auf: Alle Schwierigkeiten kommen von den großen aber leeren Worten der Politiker, die von Streit und Aufsehen leben. Kulturell und menschlich gehen die Beziehungen auf die natürlichste Art und Weise vor sich. Die Italiener sind den Deutschen auf diesem Gebiet weit voraus.

Don Ramo bemerkte, die Italiener wunderten sich, daß die Deutschen immer ein schlechtes Gewissen hätten.

Das hat die Politik ihnen eingebleut, rief Lippert, jetzt im richtigen Fahrwasser; wir erleben jetzt, daß die Engländer sich kein Gewissen daraus machen, wegen zweitausend Briten eine Armada nach den Falklands zu schicken!

Und Sie glauben, daß die Engländer siegen werden?

Ohne Zweifel, sagte Lippert, wir haben lange genug in Argentinien gelebt, um das beurteilen zu können. Seit Argentinien diktatorisch regiert wird, stürzt das herrliche Land von einer Katastrophe in die andere.

Ich hasse die Engländer, sagte Galla, und die Truffaut stieß in dasselbe Horn.

Ich sehe, sagte die Gräfin, wie recht der Herr Ingenieur hatte, als er die Politik für schlechtes Benehmen verantwortlich machte.

Don Ramo unterstrich das allgemeine Lachen mit dem Tremolo seines Basses.

Die Gräfin hatte einen Knopf an der Seite ihres Sessels gedrückt, und auf dies Signal hin brachte der Hausmeister ein Tablett mit venezianischen Flügelgläsern. Sie waren so klein und eng, daß kaum mehr als ein Fingerhut Getränk hineinging. Der Hausmeister reichte das Tablett herum, jeder nahm ein Glas. Spadini rief: Trinken wir auf unsere Gäste! Alles nippte, und Pöring fragte, was für ein Wein das sei.

Ein Verdicchio, sagte der Graf, noch aus der Zeit, als wir unsere Weinberge selbst bewirtschafteten. Im Lauf der Jahre ist er ölig geworden und gibt sein Aroma nur tropfenweise preis.

Galla weigerte sich zu trinken und zog sich zurück. Ihre Mutter fand das unhöflich und glaubte die Tochter vor den Gästen entschuldigen zu müssen.

Laß sie gehen, sagte ihr Mann. Immer noch besser, sie zieht sich auf ihr Zimmer zurück und liest, als wie andere Mädchen den ganzen Tag mit ihrem Wagen die Straßen unsicher zu machen. Was ist das für ein Leben, wenn man mit neunzehn Jahren herumfährt und keine

Aussicht hat, etwas leisten zu können, weil man für nichts Interesse hat als fürs Herumfahren?

Sie sitzt über ihren Büchern, sagte Mlle. Truffaut.

Außer heiraten ist das immer noch das Beste, erwiderte der Graf und warf der Gouvernante einen ironischen Blick zu.

Das Servieren des Getränks war für die Gäste ein Zeichen zum Aufbruch. Man verabschiedete sie mit der üblichen Überschwänglichkeit, wobei Spadini versuchte, Lisas Hand, statt sie an den Mund zu führen, wirklich zu küssen.

Er brachte die Gäste zum Ausgang und wollte Pöring an die Einladung bei Renato erinnern, sah ihn aber nicht. Während er sich nämlich von Lippert mit einer Bemerkung über den Ölhafen verabschiedete, nahm Pöring in einem uneingesehenen Knick der Toreinfahrt Lisa in die Arme und küßte sie: Morgen hole ich dich ab! Er werde ihr das archäologische Institut und die Mosaikschule zeigen. Sie war in einem Taumel der Gefühle und sagte nur Jaja, bevor sie neben ihren Mann in den Wagen stieg, der sofort davonfuhr.

Die Gräfin besaß leidliche Menschenkenntnis, aber in allem, was Liebe und Leidenschaft hieß, besaß sie weder Wissen noch Erfahrungen. Sie wußte nicht, daß eine Katze, wenn man ihr einmal Milch hingestellt hat, immer wiederkommt, sonst hätte sie sich sagen müssen, daß der Besuch für ihren Vetter nur einen Vorwand abgegeben hatte, zwei Stunden mehr mit Lisa zusammen zu sein.

21

Kaum waren die Lipperts abgefahren, kehrte Pöring zum Spadinischen Haus zurück und läutete ungestüm. Der Hausmeister öffnete die Tür mit dem gleichen starr höflichen Gesicht wie sonst und meldete ihn der Gräfin.

Sie sind noch da oder schon wieder da, lieber Vetter? lachte sie.

Verzeihen Sie, daß ich noch einmal zurückkehre . . .

Aber bitte, Sie wollen doch wissen, wie mir Ihre Freunde gefallen? Ich muß Ihren Geschmack loben. Es sind liebenswürdige, fast zu bescheidene Leute. Der Ingenieur gefällt meinem Mann, und die Frau hat sogar mir gefallen — was etwas heißen will.

Die Gräfin sah Pöring mit einem so herzlichen Lächeln an, daß er sich durchschaut fühlte. Selbst diese Frau, die Güte selbst, hat erkannt, welche Beziehung ich zu Lisa habe, sagte er sich.

Ihr Aussehen, ihr Benehmen, ihre Redeweise — alles stellt Ihnen ein gutes Zeugnis aus, fuhr die Gräfin fort. Offenbar hatte sie das Bedürfnis, sich über diesen Punkt weiterhin auszulassen. Es zeigte sich, daß sie doch eine bessere Psychologin war, als Pöring vermutet hatte. Sie sagte: Man merkt, daß der Ingenieur seine Frau verehrt; er läßt kein Auge von ihr und ist bereit, jedes Wort, das sie spricht, für eine Überraschung zu halten; und zugleich merkt man, daß es ein einseitiges

Verhältnis ist, und genau das ist die Lücke, die Sie erspäht haben . . .

Aber nein, stammelte Pöring, aber so ist es nicht, verehrte Gräfin!

Sagen Sie kein Wort! Ich müßte keine Frau sein, um das nicht begriffen zu haben. Ich will Ihnen sagen, welche Rolle Sie in diesem Fall spielen, vielleicht enthält der Begriff eine Warnung. Sie sind der Terzo incommodo. Ich brauche Ihnen das nicht zu erklären. Die italienische Sprache ist für die Liebe geschaffen. Über solche Verhältnisse erregt sich unsere Nation mehr als jede andere. Schlagen Sie eine Zeitung auf. Nichts intrigiert die öffentliche Meinung so sehr wie ein Dreiecksverhältnis . . .

Aber nicht doch! Meine verehrte Kusine . . .

Nicht Ihre Kusine – ich bin eine Kusine Ihrer Mutter! Ich traue mir fast mütterliche Gefühle für Sie zu, und so sehr ich Sie auf der einen Seite warnen muß vor den Folgen solcher Verhältnisse, muß ich auf der andern Seite Ihnen für das Vertrauen danken: Darin, daß Sie das Paar bei uns eingeführt haben, sehe ich einen Beweis des Mutes.

Pöring machte einen Versuch, sich zu wehren: So ist es nicht. Halten Sie mich für einen Don Juan oder Casanova? Und wenn Sie mir schon Unrecht tun, wie sehr muß mich eine solche Annahme mit Rücksicht auf Frau Lippert kränken! Es ist, es ist – er suchte nach Worten – eine geradezu existentielle Krise . . .

Die Gräfin lachte. Sie verstand den Begriff nicht, sie drückte den Knopf an ihrer Seite und bat den Hausmeister, die winzigen Gläser noch einmal zu füllen.

Jede Frau fühlt sich in Sachen der Liebe auf vertrautem

Fuß mit dem Geheimnis. Dies Gefühl beschert ihnen in reiferen Jahren eine, wie sie meinen, samariterhafte Duldsamkeit. Sie fühlen sich dem Geschlecht der Männer überlegen und gefallen sich in der Rolle seiner Vertrauten. So auch die Gräfin Spadini. Sie sah den Fall Pörings im Licht der italienischen Gesellschaft, die ihre Langeweile mit der Neigung zu solchen Affären überspielt. Das war um so bemerkenswerter, als die Gräfin unter den Ausflügen ihres Mannes nach Ghibulla litt, sowohl menschlich, als Frau, wie auch religiös, als Christin, die sich Sorge um das Seelenheil des Grafen machte. Manche Stunde brachte sie im Gebet zu. Doch all das hinderte sie nicht, im Fall ihres Vetters wie eine gute Fee zu denken und zu reden.

Pöring war entsetzt. Er hätte nichts dagegen gehabt, wenn die Kusine mit einer zarten Anspielung auf seine Gefühle geantwortet hätte. Er war schließlich aus diesem Grunde zum Spadinischen Haus zurückgekehrt. Und nun sah er sich im Netz von Geduld und Erwartung gefangen, schlimmer noch: in einem ebenso öden wie bequemen Klischee. Er glaubte zu sehen, daß die Augen der Gräfin sogar boshaft blitzten, und das bereitete ihm tiefen Schmerz. Er hatte Teilnahme erwartet, er hatte sich vorsichtig mitteilen wollen und auf diskretes Verständnis gehofft. Und nun sprach die Gräfin vom Terzo incommodo: Einer war zuviel auf der Welt, und dieser eine war er!

Er nahm Abschied und ging in sein Hotel. Hätte ich die Lipperts doch nie zu den Spadinis gebracht, sagte er sich. Was so heiter und, wie ich jetzt sagen muß, leichtsinnig geplant war, erweist sich als die größte Torheit meines Lebens. Die Gräfin scheint anzunehmen, daß ich mit Lisa eine Liebschaft habe und nicht weiß, wie ich herauskomme. Dabei ist alles so einfach: In acht Tagen reisen die Lipperts nach Deutschland, und ich kann grübeln, ob ich geliebt habe – oder ob es ein Traum war. Welch ein Glück, daß von unserm Ausflug nach Faenza und unserm Aufenthalt im Jagdhaus nichts bekannt wurde! Hatte ich doch geglaubt, es so darstellen zu können, als sei alles Zufall gewesen. Wenn diese Gans (Pöring belegte die Gräfin mit diesem Schmähwort) glaubt, wir hätten nichts als ein Abenteuer bestanden, irrt sie sich.

Soll ich ein Geständnis ablegen und ihr zu verstehen geben, daß es überhaupt nicht meine Art ist, derartige Abenteuer zu suchen? Ich bin nicht geistesgegenwärtig und schlagfertig genug, um solche Dinge so vorzubringen, daß sie nicht einer Unverschämtheit gleichen. Oder soll ich ihr erzählen, daß ich mit Lisa spiele, und mich darüber verwundern, daß ihr, meiner Kusine, noch nicht zu Ohren gekommen sei, daß ich ein Verhältnis mit einer jungen Angestellten der Banca Commerciale habe, deren Chef ihr Mann ist? Da gäbe es viel zu lachen! Und doch, ich würde mich verraten, nicht einmal *spielen* könnte ich die Rolle des Liebhabers einer Angestellten. –

Das Schlimme war, daß Pörings Liebe zu Lisa und Lisas Liebe zu Pöring im Klatsch der Gesellschaft leichtsinnig erschien. Und wie sollte Pöring seiner Kusine klarmachen, wie sehr die Kategorie des Leichtsinns, das Abenteuer, verschieden war von seinem Erlebnis – wo doch die Worte in allen Fällen dieselben sein mußten, also Beziehung, Verhältnis oder Liebe. Er plagte sein Gehirn ab, andere Worte zu finden, aber er fand sie nicht. Wie soll ich einer Dame der italienischen Gesellschaft unsere Bindung klarmachen, wo mein Wortschatz in der italienischen Sprache viel begrenzter ist als in der deutschen? Das Wort appassionato (leidenschaftlich) fiel ihm ein. Aber auch dies war längst in die Rubriken des Gazzettino von Ravenna, der örtlichen Zeitung, übergegangen.

Ich brauche es nicht darzulegen. Warum überhaupt mit jemand darüber reden als mit Lisa? Hätte sie mir die Geschichte ihrer Ehe angedeutet, wenn ich nicht für sie zur Ursache einer Erschütterung ihres Wesens geworden wäre? In diesem Punkt gibt es nur die Wahrheit, und die ist geheimnisvoll und muß geheim bleiben.

So durchlebte Pöring zwei äußerst unruhige und qualvolle Tage, bis er durch einen telefonischen Anruf aus seiner Lethargie gerissen wurde. Es war Lisa, sie kämen in die Stadt, wollten die Venus sehen, ob er sie führen wolle. Und mit einem Schlag war Pöring sich des höchsten Glücks wieder bewußt.

22

Die Lipperts kamen nicht miteinander, sondern Lisa kam allein. Ihr Mann sitze im Café über seinen Zeitungen. Sie warf einen neugierigen Blick auf den Empfangsraum des Hotels und den Lift. Dann wollte sie Pörings Zimmer sehen. Das Argentario war eine Art Pension, von Frauen geführt; nie kam ein Mann. Es gab eine elektrische Küche, wo sich Gäste bedienen konnten. Pöring ging wie die Einheimischen jeden Morgen in eine Bar, bestellte Milchkaffee und ein Cornetto; das genügte für den Vormittag.

Der Blick aus dem Fenster war angenehm. Man sah in einen von Gebäudeteilen umgebenen Hof, wo eine Akazie stand. Montags hingen Bettlaken und Kissenbezüge dort. Das Zimmer war bei geöffneten Läden sehr hell. Pöring rühmte das Wasser; die Ravennaten bekommen ihr Wasser aus dem Gebirge, selbst bei großer Hitze kommt es kalt aus der Leitung.

Sie nahm auf dem Stuhl vor seinem Tisch Platz. Hier arbeitest du? sagte sie.

Ja.

Und hier empfängst du Besuche?

Ich empfing keine Besuche vor dir, Lisa.

Sie blickte in den Hof und schien zu erschrecken. Obgleich ein Gitter vor dem Fenster war, fürchtete sie sich vor dem Abgrund. Das ist also das Zimmer, dachte sie, wo er arbeitet. Wird er auch andere Frauen empfan-

gen? Ich bin eine Fremde, in wenigen Tagen fahre ich
fort, und dann steht hier, wo ich jetzt stehe, eine andere und blickt genauso wie ich aus dem Fenster, redet
mit ihm, wartet auf ihn . . . Ihre Hand umschloß die
Oberkante des Fenstergitters. Sie meinte, sie müsse
wahnsinnig werden. Es war ihr, als sähe sie Pöring sich
zu einer andern neigen und sie gäben sich Küsse vor ihren Augen! – Ich habe keinen Grund, eifersüchtig zu
sein, sagte sie sich, aber ich bin es! Wie hat die Truffaut
ihn angesehen oder die Gräfin? Lisa fuhr sich mit der
Hand über die Augen.
Warum sagst du nichts? sagte er.
Sie wandte sich ihm zu, wies auf einen Bau nebenan
und sagte: Ist das der Palast des Theoderich?
Es ist ein Rest der Fassade, nicht original, sondern im
vorigen Jahrhundert versuchsweise erbaut; immerhin
steht die Fassade auf dem alten Grundriß; die Restau-
ratoren haben gute Arbeit geleistet. Man muß sich vorstellen, daß zwischen den Säulen, nach spätrömischer
Art, Vorhänge und Perlenschnüre hingen, vor denen
die Wachen auf- und abmarschierten.
Lisa schien sich dafür zu interessieren und beugte sich
vor. Er sagte: Was du dahinter siehst, ist die Kirche
Sant' Appolinare Nuovo. Die Fresken sind die schönsten der Welt.
Wir haben sie gesehen, erwiderte sie und sah ihn mit
ihren gesprenkelten Augen an.
Es ist, sagte er, als hättest du Goldmosaik in den Augen.
Wie schön! sagte sie und meinte seinen Vergleich; das
hat mein Vater auch gesagt. Du als Spezialist für Mosaiken müßtest es wissen.

Wenn man sich mit den Bildern beschäftigt, sagte er, muß man sich auch mit ihrer Technik abgeben. Man weiß ziemlich genau, was die Handwerker mit ihren farbigen Steinen ausrichteten, wodurch ihnen Wirkungen gelangen und weshalb die Bilder heute genau so leuchtend sind wie vor anderthalb Jahrtausenden. Aber ich langweile dich . . .

Lisa sah ihn an. Sie trug ein gelbweißes Leinenkleid; er wagte sie nicht zu berühren. Wenn sie in mein Hotel kommt, dachte er, will sie nicht nur mein Zimmer sehen. So naiv ist sie nicht, aber ich weiß nicht, wie sie reagiert, und bevor ich etwas falsch mache . . .

Und wer ist das? fragte sie. Sie wies auf die Bilder in Kaufhausrahmen. Der Kaiser Theoderich saß vor seinem Palast, die Perspektive der Knie nach links verdreht, Schwert und Szepter in den Händen, eine Krone wie einen Reif mit vergoldeten Stecknadelköpfen auf dem Kopf.

Ja, das ist Theoderich, sagte Pöring. So sah man ihn. Wie er wirklich aussah, ist unbekannt, byzantinisch erzogen, wahrscheinlich blond.

Lisa fragte weiter: Und jene Dame ist Galla Placidia? Das Bild war in Ausführung und Rahmung ein Gegenstück zu dem Theoderichdruck.

Tschaa, sagte Pöring, tolle Person, regierte fünfundzwanzig Jahre lang ein Weltreich. Die war sicher nicht blond wie auf dem Bild; aber die Frisur, rechts und links von der Stirn alles nach oben, könnte von heute sein. Sie war ein Luder . . .

Lisa sah ihn fragend an.

Nimm das Kleid, fast durchsichtig! Nicht zu verwundern bei der Hitze in Ravenna. Er lächelte.

Gehen wir? sagte sie. Wollen wir nicht die Venus besichtigen? – Das war der Grund, weshalb sie gekommen waren, doch als Lippert beim Zeitungsstand am Corso Garibaldi die Balkenüberschriften sah, hatte er nicht widerstehen können und italienische, amerikanische, englische und deutsche Blätter gekauft: Die Armada hatte Ascension erreicht! Lippert war wie berauscht. Er hatte zu seiner Frau gesagt: Geh mit Pöring zu eurer Venus; ich setze mich ins Café und lese, bis ihr zurückkommt. –

Pöring wußte die Kühnheit Lisas zu würdigen, aber dies Gefühl verschwand angesichts des Vertrauens, das Lisa ihm bewies, indem sie sein Zimmer betreten hatte. Auf ihrem Gesicht strahlte jetzt die unverhohlene Freude, bei ihm zu sein. Sie setzte sich wieder auf den Stuhl vor dem kleinen Schreibtisch; sie warf einen Blick aus dem Fenster, aus dem sein Blick fiel, wenn er nachdachte. Sie sah in die bereitgelegten Arbeitsblätter. Dann blickte sie ihn an. Noch nie war ihm ihr Gesicht so rein vorgekommen. Dies Gesicht, sagte er zu sich, vereint Liebe und Güte; es verbindet diesen Ausdruck mit einer gewissen Zärtlichkeit und Erwartung. Sollen wir jetzt in das archäologische Institut gehen? Wie kann der Mann einer solchen Frau so ahnungslos sein? Sind die Zeitungsberichte über die Flotte im Atlantik für sein Selbstgefühl wichtiger als ihre Gegenwart? Ihm ist offensichtlich daran gelegen, sie während der Zeitungslektüre los zu sein! Er beschloß, Lisa zu fragen: Ist es wahr, daß Lippert lieber im Kaffeehaus sitzt und liest, als mit dir zusammen ein Institut zu sehen?

Mit mir zusammen? sagte sie, das Institut ist ihm vollkommen gleichgültig.

Aber du? Er hat dich fast grob abgefertigt. Das Institut mag ihm gleichgültig sein. Aber daß er dich allein fortgehen läßt . . . Pöring brach den Satz ab, er umfaßte und küßte sie leidenschaftlich.

Einem Mann wie ihm erscheint es unmöglich, daß seine Frau einen andern liebt.

Ist das wahr?

Sie lächelte nur.

Ich würde dich keine Minute mit einem Fremden allein lassen!

Das würdest du nicht? Und wenn ich dann doch mit einem andern zusammen wäre, und du würdest es entdecken?

Ich schlüge dich tot.

Mich? Wieso denn mich?

Die Leidenschaft, die aus seinen Worten sprach, bereitete Lisa eine nie gespürte Genugtuung. Wann bin ich je so angebetet und verherrlicht worden wie von ihm, sagte sie sich. Er würde mich umbringen, wenn ich ihn betröge. Eitle Logik der Männer; statt jenen Mann, der mich ihm entrisse, will er mich umbringen!

Es überlief ihren Körper ein schwellender Strom, sie spürte, wie er ihre Brust und ihren Schoß erreichte. Mit einer blutroten Farbe drang er, unter Pörings Augen, in ihre Haut.

Die Stunde endete in einem süßen, sinnlosen Schwatzen, in dem sie sich mitzuteilen hatten, was sonst nie über ihre Lippen gekommen wäre. Lisa kam auf ihre Eifersucht zurück und bat ihn, er solle ihr sagen, mit wem er sich träfe: Auf einen Mann wie dich stürzen sich die Frauen!

Er richtete sich auf. Auf ihn, die Frauen? Wo er lebe wie ein Mönch! Pöring war so überrascht, daß es nicht gespielt sein konnte. Was traust du mir zu? rief er und bedeckte ihren Körper mit Küssen. Nur mit dir, sagte er, und wiederholte es wohl hundertmal in einer so zärtlichen Entrüstung, daß Lisa nichts andres glauben konnte, als was sie glauben wollte. Die Schläge der Standuhr auf dem Flur des Hauses brachten sie zur Besinnung. Wir müssen gehen, sagte er.

Sie meinte, das Aufstehen wäre ihr noch nie so schwer gefallen wie jetzt. Und obgleich sie sich alles gesagt hatten, wagte sie ihm nicht zu gestehen, daß es vielleicht das letzte Mal gewesen sei. Ihre Zeit lief ab; Lippert, der in seiner Nervosität nie bis zum vorgesehenen Ende am gleichen Ort blieb, hatte von Abreise gesprochen, und sie wagte nicht zu widersprechen, um keinen Verdacht zu erregen.

Als sie zu Lippert kamen, war er erstaunt über ihr Erscheinen. Die Armada bestehe aus diesen und jenen Schiffen – er hatte eine Liste angelegt, Namen, die von der Zensur freigegeben waren und die, wie man später erfuhr, alle falsch waren, da man den Gegner in Ungewißheit lassen wollte.

Mich wundert, sagte Pöring, daß man nicht mit U-Booten vor Buenos Aires operiert. Er ließ sich auf ein strategisches Gespräch ein, um während der Antworten des Ingenieurs seine Geliebte um so länger ansehen zu können. Lisa saß mit einem freundlichen Ausdruck da, und nur Pöring konnte ahnen, was in ihr vorging. Die Erinnerung breitete sich in ihrer Seele wie eine

Wolke der Glückseligkeit aus und erfüllte sie. Sie vernahm keins der Worte ihres Mannes, vollzog keinen Gedanken; sie nahm nicht einmal den Laut der Worte auf, die zwischen Lippert und Pöring gewechselt wurden. Dann wurde das Gefühl des Glücks überschattet von einer sich ihr immer mehr aufdrängenden Verzweiflung: daß die Zeit ablief und sie in wenigen Tagen nach Deutschland fahren müßte . . .

Der Gedanke entsetzte sie: Jetzt habe ich ein Glück erfahren, das ich nur vom Hörensagen kannte, und schon wendet es sich von mir, die Schwinge eines riesigen Vogels, der mich flüchtig gestreift hat.

Um das Gespräch hinauszuziehen, begann Pöring die politischen Folgen des Flottenaufmarsches zu erörtern und auf einen Lieblingsgedanken Lipperts einzugehen: Die Wirkung richte sich militärisch gegen Argentinien, politisch aber sei sie als Warnung an alle potentiellen Gegner gemeint.

Als er bei einem Blick auf die Uhr sah, daß die Lipperts nicht mehr zum Essen in ihrem Hotel zurechtkommen könnten, erlaubte er sich, das Ehepaar zu Renato einzuladen, von dem schon ein paarmal die Rede gewesen war.

23

Das Renato ist ein höchst angenehmes Speiselokal von fast privatem Charakter. Es liegt im ersten Stock eines bescheidenen Hauses. Unten befindet sich eine Art Ausschank, wo man mittags und abends Kleinigkeiten zu sich nehmen kann. Die Küche liegt dahinter, und durch die offene Türe sieht man die Wirtin mit Geschirr und den weißgekleideten Koch mit Löffeln, Töpfen und Pfannen hantieren. Wenn man nach oben gekommen ist, vergißt man das alles, denn man betritt einen altmodisch länglichen Salon mit Möbeln aus dem Biedermeier, ovalen Tischen und gepolsterten Stühlen. An den Wänden hängen Familienbilder und an der Decke zwei kleine Lüster. Man meint, im Wohnzimmer der wohlhabenden Familie zu Gast zu sein. Der Eindruck wird dadurch gestört, daß ein kräftiger Mann mit vulgären Gesichtszügen ununterbrochen auf- und abmarschiert. Das ist der Wirt Renato. Er beaufsichtigt seine Söhne beim Servieren, zarte Kerlchen, man sieht ihnen die Angst vor dem Vater an. Immerhin beruht das Ansehen des Restaurants, außer auf der guten Küche, auf der gefälligen Bedienung durch die jungen Burschen. Sie fällt um so mehr auf, als die Masse der Bevölkerung zum Typus ihres Vaters gehört, dem vierschrötig-unfreundlichen, mißtrauischen und geldgierigen Bewohner der fruchtbaren Niederung. Jeder Fremde gilt hier als reich und wird als Opfer ebenso höflicher wie berechnender Gastlichkeit angesehen.

Pöring kannte diese Umstände nur zu gut. Er ließ sich deshalb nicht von Renato überreden, die angebotenen Tagliatelle zu bestellen, sondern ein Gericht, von dem er wußte, daß es Koch und Wirtin zu höchster Aufmerksamkeit zwang. Er bestellte Wein und gemischten Salat. Im Verlauf des Essens stellte Pöring fest, daß er sinnlos verliebt war, und Lisa fühlte sich glücklich durch die Erfahrung, das Alter sei keineswegs ein Hinderungsgrund, daß er sie und sie ihn liebte wie in den Jahren jugendlichen Feuers.

Die Gefühle der beiden blieben unbemerkt von dem Ingenieur. Ob es der Wein war oder das schwere Essen, vielleicht auch der Anblick des weißgedeckten Tisches mit Silberbestecken und drei Gläsern zu jedem Gedeck – Lippert begann zu erzählen. Sein Vater war Beamter bei einem Gericht gewesen, und das erklärte schon fast alles. Georg Lippert war ein Mann von wachem Verstand und hoher Intelligenz. Er hatte sein Ingenieursstudium mit Eifer betrieben und ein glänzendes Examen abgelegt. Er war ein aufrichtiger Charakter und liebte, wie das bei technischen Begabungen oft ist, die Musik und bedauerte nichts mehr, als daß er kein Instrument zu spielen gelernt hatte: Hier war die Grenze der Förderung durch den Vater gewesen, der erklärt hatte, Klavier oder Geige spielen sei eine brotlose Kunst und lenke den Sohn von seiner Laufbahn ab. Man war überzeugt, daß der junge Lippert, hätte es das noch gegeben, ein zweiter Galilei geworden wäre, der für seine Erkenntnisse ins Gefängnis gesperrt wurde.

Das war die eine Seite seines Wesens. Sobald er von seiner Firma den Auftrag erhielt, die Bohrung eines Schachts, den Aufbau einer Förderung oder die Anlage einer Ölleitung zu überwachen, war er von dem in ihn gesetzten Vertrauen völlig verblendet und verwirrt. Es war ihm unmöglich, nein zu sagen, auch wenn er ins Rote Meer oder in die Arktis beordert wurde. Er konnte nie nein sagen, auch nicht, als er verheiratet war, als er älter wurde oder es vernünftig gewesen wäre, keine klimatischen Beschwerden auf sich zu nehmen.

Das war der Grund, weshalb er bis zu seinem vierzigsten Jahre nicht geheiratet hatte. Kinder in die Welt zu setzen, habe er keine Zeit gehabt (das sagte er allen Ernstes in Gegenwart seiner Frau), und dann wiederholte er seine Meinung, es sei unverantwortlich, in Zeiten wie diesen die Zahl der Esser auf Erden auch nur um einen einzigen zu vermehren. Ob er das nicht auch finde, fragte er.

Pöring fand das Argument angesichts der vollbesetzten Tafel, der Fülle von Speisen und Getränken, der schmausenden Ravennaten, zu billig. Er wollte aber nicht auf die Ängste des Ingenieurs eingehen und wandte sich an Lisa: Ob sie nicht meine, daß ihr Mann bei so viel Talent und Erfolg nicht in jenem Punkt gewaltig übertreibe, wo es um die Zukunft der Menschheit gehe?

Was sind das für Gespräche, sagte sie, als ob der Einzelne zwischen Hauptgericht und Dessert ein Urteil darüber abgeben könnte! Es sollte ein Tadel für ihren Mann sein, aber Lippert ließ sich nicht darauf ein und fuhr fort, in seiner übrigens sehr lebhaften

Art und Weise von seinen beruflichen Erfolgen zu erzählen.

Lisa warf Pöring einen Blick zu und hob die Augenbrauen. Das sollte bedeuten, und er verstand es, daß man die Gelegenheit suchen solle, aufzubrechen.

Sie bemerken wohl, sagte sie zu Pöring, während ihr Mann sein Glas austrank, daß er auf nichts mehr wartet als auf das Telegramm der Firma: »Kommen Sie sofort!«

Sie hatte es lächelnd gesagt. Ihr Mann war viel zu sehr von diesem Wunsch erfüllt, als daß er ihn hätte leugnen wollen. Er sagte: Es wäre schade um den Aufenthalt in Ravenna, aber mit der Möglichkeit einer Abberufung muß unsereins immer rechnen.

Als sie hinausgingen und Lisa für einen Augenblick auf der Treppe mit Pöring allein war, sagte sie: So ist es immer; er hat keine Ruhe, er will gebraucht werden; das Gefühl, vielleicht nicht mehr gebraucht zu werden, frißt an seinen Nerven.

Und das mit einer Frau wie dir, antwortete Pöring. Er brachte das Paar zur Siesta ins Hotel, während er selbst, aufgeregt wie eine gefangene Fliege, in einem Café zu warten beschloß, bis Lisa ihren schon zur Gewohnheit gewordenen Spaziergang am Strand machte.

24

Um diese Zeit hatte sich in Ravenna das Gerücht verbreitet, auf die kürzlich aus dem Meer geborgene Statue der Venus, ein Werk der griechischen Antike, sei ein Anschlag verübt worden. Der Gazzettino nahm das Gerücht als Nachricht auf und erhob Vorwürfe gegen die Leitung des archäologischen Instituts. Weshalb habe man ein Kunstwerk dieses Ranges nicht besser gesichert? Weshalb habe man Fremden und Ausländern gestattet, die Figur zu sehen und zu berühren? (Auf das Wort berühren legte die Zeitung großen Wert; dadurch erweckte sie den Eindruck, das Berühren eines Kunstwerks sei schon an sich ein Verbrechen.) Demgegenüber erklärte die Institutsleitung, das Gerücht entbehre der Grundlage. Die Statue stehe nach wie vor in einem durch vergitterte Fenster geschützten Raum; nur Fachleuten sei Gelegenheit gegeben worden, sie zu sehen; schließlich hänge vom Urteil der Sachverständigen die Bestimmung des Wertes und der damit zusammenhängenden Fragen von Herkunft, Bedeutung und Zustand ab. Im übrigen sei die Venus mit Hilfe eines Gebläses gereinigt worden. Von einer Berührung durch Menschen sei keine Rede.

Daraufhin erhob der Gazzettino, in Umkehrung seiner bisherigen Behauptungen, die Forderung einer öffentlichen Aufstellung oder Ausstellung; es sei doch wohl der Sinn solcher Bergungen und Reinigungen, daß man die Kunstwerke nicht dem Auge der Fachwelt vorbehalte, sondern den kostentragenden Bürgern Gelegenheit gebe und so weiter . . .

Die Ravennaten besitzen im Anschluß an San Vitale, in den Räumen des ehemaligen Klosters, ein in den letzten Jahren klug aufgebautes Museum mit Schätzen nicht nur aus römischer und byzantinischer, sondern auch prähistorischer Zeit. Das Interesse an diesen scheint größer zu sein als das an Zeugnissen aus Ravennas historischer Zeit. Ob das nun mit einer in unserer Zeit erwachten Neigung zum Barbarentum oder mit einer naiv mit Jahrtausenden rechnenden Epoche geschichtsloser Vorzeit zusammenhängt: Die allgemeine Anteilnahme erklärt, weshalb diese Teile des Museums ausgedehnter sind als die Räume mit römischen Altertümern. In einem der schönsten und größten Säle hatte man jetzt die Venus auf einen dafür gemauerten Sockel gestellt und zur Besichtigung freigegeben.

Die Besucher des Museums werden sich erinnern, daß die Räume mehr Gewölbe als Säle sind und das Tageslicht nur mäßig eindringt. Aus diesem Grunde hatte man die an den Wänden stehenden Vitrinen elektrisch beleuchtet. Um der Venus noch mehr Licht zu geben, hatte man erwogen, Scheinwerfer von der Decke auf sie herabstrahlen zu lassen. Das erwies sich jedoch als ungünstig; Licht wirft Schatten, und eine Figur wie diese war nicht für einen Innenraum, sondern für das Freie geschaffen. Deshalb hatte man eine indirekte Deckenbeleuchtung angebracht. In ihrem zugleich milden und hellen Licht gewann die Figur ihre zwischen Weichheit und Festigkeit liegende Wirkung. Daraus spricht die Beziehung zwischen der Allmacht der Liebe und der Ohnmacht des Endlichen, das Gefühl völliger Preisgegebenheit des Körpers und die Unberührtheit der Seele oder des Geistes. Es war wie die Hoffnung auf die ewigen Freuden und das Gefühl der Vergänglichkeit aller irdischen Liebe. Die Tatsache der Auffindung der Venus bezeugte den Umschlag von der Verborgenheit im Schutz des Meeres zum Sieg der Liebe über die meßbare Zeit.

Die Museumsleitung hatte alles getan, um der Öffentlichkeit den Rang und die Kostbarkeit des Fundes vor Augen zu führen. Zwei uniformierte Wächter ließen das Kunstwerk nicht aus den Augen. Sie wurden von draußen über Sprechfunkgeräte mit Anweisungen und Ermahnungen versehen. Nach drei Tagen wurde bekannt, daß der eine dieser Wärter um Ablösung gebeten hatte mit der Begründung, daß der ständige Anblick der Figur seine intimen Gefühle errege, daß er den Anblick ihrer Lockung nicht weiter ertragen könne. Der Gazzettino nahm den Vorfall zum Anlaß, eine Leserbriefaktion zu entfesseln, bei der sich die Ravennaten als Freunde der Kunst bewähren und den irritierten Wächter als primitiv bezeichnen durften. Kein anderer als der bekannte Don Ramo schrieb, die Kirche lehne die Idee einer dämonischen Verführungskraft ab und sei als Förderin der Künste über jeden Verdacht erhaben.

Die Zeit des Lippertschen Urlaubs ging zu Ende, und an einem der letzten Tage, die ihnen verblieben, gingen sie, weil Lisa darauf bestand, in das Museum und statteten der Venus einen Besuch ab. Dort begegneten sie dem Ehepaar Spadini in Begleitung der Gouvernante.

Als der Graf mit seiner Frau den Saal der Venus betrat, machten die Wächter eine Ehrenbezeigung, indem sie die Hand an die Mütze legten. Spadini und seine Frau gingen vorüber, als sei er ihr Kommandeur. Die Italiener haben, obgleich sie im Grunde anarchistisch sind, eine hohe Achtung vor Ruf und Namen. In einer Stadt wie Ravenna war das Auftreten des Grafen im Museum eine Sensation, etwa so, als wenn ein stadtbekannter Atheist zur Messe erschienen wäre oder als ob ein unbescholtenes Mädchen sich nachts an jenen Ecken der Hafengegend herumtriebe, wo sonst Prostituierte stehen.

Diese Bewegung, dies Hand-an-die-Mütze-Legen, mußte allen Anwesenden signalisieren, daß eine Persönlichkeit von Bedeutung erschienen war. Die Lipperts, in die Betrachtung der an den Seiten aufgestellten keltischen Schwerter vertieft, wandten sich um und erkannten ihre Gastgeber. Der Graf, mit dem Auge des Jägers, hatte Lisa im Visier und ging mit heftigen Schritten auf sie zu:

Welch ein Zufall, Signora, Sie hier zu sehen!

Er verbeugte sich, dann reichte er Lippert die Hand: Sie wollen sicher unsere neueste, nein die älteste Schönheit Ravennas besichtigen?

Die Gräfin war mit kleinen Schritten näher gekommen und ließ sich von den Lipperts begrüßen. Hinter ihr kam die Truffaut, ein wenig schüchtern, aber sehr erfreut, als der Ingenieur sie (was er bei der Gräfin nicht gewagt hatte) mit einem Handkuß begrüßte.

Ich muß gestehen, sagte Lippert, daß ich das Standbild zum erstenmal sehe und hingerissen bin von so viel Anmut und Fülle. Meine Frau hat seit zwei Wochen von der Figur gesprochen und mit unserm gemeinsamen Freund Pöring die Bergung, wenn ich so sagen darf, erlebt. Ich hatte, als sie mich aufforderte, das Bild endlich anzusehen, das Gefühl, ich sollte verschleppt werden. Doch jetzt verstehe ich, daß von dieser Figur eine Sogwirkung ausgeht . . .

Schönheit ist die äußerste Vollkommenheit, der auch ich zu erliegen hoffe, sagte der Graf. Meine Frau hat mich dringlich aufgefordert, mitzukommen. Sie hat die Eröffnung hier im Saal miterlebt, unser Freund Don Ramo hat ein paar Worte gesprochen, Worte über die weibliche Schönheit, wie man sie nur aus geistlichem Mund erwarten darf.

Bei diesen Worten sah Spadini Lisa mit einem fast unverschämten Blick seiner schwarzbraunen Augen an. Er hatte das Gemüt des Italieners und besaß eine Eigenschaft, die in unsern Augen eher als abträglich gilt: Er hatte Anwandlungen von ausnehmender Sinnlichkeit; der bloße Anblick weiblicher Schönheit stimmte ihn zärtlich und nahm seinem Gemüt den Stachel; er wurde dann so weich, daß ihm die Tränen kamen. Lisa bemerkte es. Weshalb weinte er? Sie wandte sich zur Gräfin, um ihn ihre Verlegenheit nicht merken zu lassen. Die Gräfin sagte: Alle Männer wollen die Statue sehen, und aus keinem andern Grund, als weil sie eine Frau ist. Es ist nicht die Kunst, sondern das Elementare, was aus dieser Figur spricht.

Und doch auch Kunst, sagte Lippert, das Elementare allein kann es nicht sein.

Inzwischen hatte sich der Graf wieder gefaßt und sagte: Wir Männer huldigen der weiblichen Form, sie muß nicht nur Kunst sein. So wie der Hecht in einem wilden

Wasser besser gedeiht, wächst ein Mann, der in der Welt lebt, besser als einer, der zu Hause bleibt.

Die Frauen verstanden den Doppelsinn dieser Rede, während Lippert ihn nicht gleich durchschaute. Er wandte sich scherzend an Fräulein Truffaut: Welch ein Bild! In Gesellschaft hübscher Damen sollte man nicht tiefsinnig werden. Haben Sie die Statue gesehen?

Nein, ich bin das erstemal hier.

Genau wie ich. Wir sind in dieser Hinsicht also vollkommen unschuldig. Er lachte.

Ich bin Gallas Gouvernante, sagte Mlle. Truffaut mit gekränkter Würde.

Ich weiß, ich weiß; ich gratuliere!

Sie brauchen mir nicht zu gratulieren!

Zu einer so hübschen Schülerin muß man gratulieren; wo ist sie heute?

Sie kennt die anzüglichen Bemerkungen ihres Vaters und ging deshalb lieber nicht mit.

Der Herr Graf ist ein Spaßvogel!

Das Fräulein sah Lippert von der Seite an, als wollte sie sagen: Du bist wohl übergeschnappt.

Unterdessen hatte Spadini mit seiner Frau und Lisa einen Gang um die Statue gemacht. Er spielte mit ein paar höflichen Bemerkungen den Kenner, allerdings mit der Einschränkung, daß die museale Betrachtung ihm nicht liege, wie es überhaupt ein Jammer sei, Kunstwerke von ihrem Bestimmungsort zu lösen.

Aber wohin denn sonst mit einer Statue wie dieser, sagte die Gräfin.

Sie gehört auf einen Platz, in eine öffentliche Anlage oder in einen Park, wo jenes Elementare besser zum

Ausdruck kommt als hier auf einem Sockel in künstlichem Licht.

Ich habe die Statue gesehen, sagte die Gräfin, wie sie aus dem Meer gekommen war, überkrustet, verschlammt und mit Stricken umwunden, als habe man sie gefesselt. Nun sehen wir sie so, wie sie ursprünglich war, wenn auch der Kopf, die Arme und Beine fehlen. Übrigens sagte mir Herr Dr. Pöring, daß man einige der fehlenden Gliedmaßen gefunden habe.

Daß sie fehlen, sagt nichts gegen den Charakter der Figur!

Wie können Sie das sagen, wandte Lisa ein; der Kopf und die Hände einer solchen Figur könnten die Hoheit der Erscheinung voll zum Ausdruck bringen.

Der Graf lachte: Verzeihen Sie, es ist eine Figur der Liebe; sie symbolisiert die Kraft und das Ursprüngliche der göttlichsten aller Eigenschaften, und dazu bedarf es nicht des Kopfes . . .

Die Gräfin zwang den Grafen, da sie mit einem Ruck stehengeblieben war, sich nach ihr umzudrehen. Er empfing einen Blick wütendster Empörung. Er wechselte das Thema oder vielmehr, er wartete, bis Lippert und die Truffaut herangekommen waren, und fragte die errötende Gouvernante, ob sie etwas über die fehlenden Gliedmaßen der Statue wisse.

Ich? Aber nein, wie sollte ich?

Ich dachte, Don Ramo hätte darüber berichtet, sagte der Graf und schien sie mit den Augen durchbohren zu wollen.

Don Ramo hat mit mir nicht darüber gesprochen, antwortete die Gouvernante, die jeden Augenblick fürchtete, der Graf könne eine weitere taktlose Bemerkung machen.

Wieder war es Lippert, der dem Gespräch eine Wendung gab. Er fragte den einen der Wärter, ob es eine Publikation oder eine Abbildung der Statue gebe.

Er erhielt die Antwort, am Eingang gebe es Fotos.

Großartig, sagte Lippert, was meinst du, Lisa, wenn wir ein Foto dieser Venus als Andenken mit nach Hause nähmen?

Mit nach Hause? erkundigte sich die Gräfin. Sie wollen schon fahren?

Unsere Zeit ist vorbei, sagte der Ingenieur. Es tut meiner Frau sehr leid, daß wir Ravenna und die Marina verlassen – oder wie wäre es, Lisa, bleibst du noch acht Tage hier?

Ich allein? sagte Lisa. Dann schlug sie die Hände vors Gesicht und eilte auf eine Ruhebank zu.

Alle sorgten sich um sie. Man rief nach Wasser. Die Gräfin entnahm ihrer Tasche ein Flakon. Lisa war totenbleich. Laß mich ins Freie, Georg, sagte sie, laß mich ins Freie gehen!

Ihr Mann und der Graf führten Lisa nach draußen. Sie ließ sich auf eine der steinernen Bänke sinken.

Mein Gott, sagte sich der Graf, den Zusammenhang ahnend, es hat sie wie ein Schlag getroffen, daß sie fortmuß! – Ich werde Pöring verständigen, dachte er; es wird ihm guttun zu hören, daß die Frau bei dem Gedanken an ihre Trennung der Ohnmacht nahe kommt. –

Lippert beruhigte sich, als er sah, daß die Farbe in Lisas Gesicht zurückkehrte: Was war es? Ist dir schlecht geworden?

Es war der Saal, die künstliche Beleuchtung . . .

Der Graf suchte Lippert aufzuheitern: Wenn sie ein Mann wäre, würde ich ihr einen Grappa servieren lassen . . .

Lippert hielt nichts von Schnäpsen, und so sah er in der Bemerkung des Grafen einen ziemlich rohen Scherz.

Lisa hatte keine Ahnung, daß der Graf sie durchschaut hatte, und erst recht nicht, daß auch der Gräfin tief im Innern eine Ahnung aufgestiegen war; sind doch Frauen in diesen Dingen instinktiv erfahren. Daß der Schwächeanfall mit der Luft im Saal, der künstlichen Beleuchtung und dergleichen zusammenhängen sollte, erschien der Gräfin lächerlich; selbst wenn es so sein sollte, müsse, sagte sie sich, in Lisa eine Disposition dafür vorhanden sein. Von dieser Überlegung war es nicht mehr weit zu der Einsicht, daß die bloße Erwähnung der Abreise für Lisa schrecklich gewesen sei.

25

Als Spadini wieder zu Hause war, hatte er nichts Eiligeres zu tun, als Pöring anzurufen. Mein lieber Vetter, sagte er, ich war vorhin Zeuge einer Szene von verräterischer Wirkung.

Wieso, fragte Pöring. Er meinte, der Graf wolle ihn mit einem seiner Abenteuer auf dem Lande unterhalten, wie er es liebte, wenn seine Familie nicht dabei war. Dann erzählte Spadini jedoch, was im Museum mit Lisa geschehen war. Da er übertrieb, mußte Pöring den Eindruck haben, Lisa habe, im Überschwang des Schmerzes beim Gedanken an ihre Abreise, seinen Namen genannt. Er wunderte sich. Was konnte geschehen sein? Der Graf beschrieb die Szene, lobte die Figur der Venus. Da er Pöring spüren ließ, daß er sich nicht über die gewöhnlichste Sinnenlust erheben konnte, wies dieser ihn ärgerlich ab: Es sei doch ganz natürlich, wenn Frau Lippert das Ende ihres Urlaubs bedaure oder daß es ihr zuwider sei, in dieser Jahreszeit nach Deutschland, wo es kalt und regnerisch sei, zurück zu müssen.

Spadini antwortete: Sie Heuchler, das wollen Sie mir erzählen? Mein Gott: Es gibt nichts Schöneres auf dieser Welt als ein gutes Reitpferd oder eine hübsche Frau, und so wie der Anlaß jenes Schwächeanfalls nicht die schlechte Luft im Museum war, so wenig ist das deutsche Regenwetter der Grund ihrer Furcht vor dem Abschied in Italien.

Warum erzählen Sie mir das? Welche Einbildung!

Sagen Sie das nicht, gluckste Spadini ins Telefon. Er hatte es knacken gehört und fürchtete, die Verbindung sei abgerissen: Hallo, rief er, sind Sie noch da?

Natürlich bin ich da, sagte Pöring. Warum schreien Sie so?

Pardon, mein Lieber, ich fürchtete, die Leitung sei unterbrochen. Versuchen Sie, die Dame hierzubehalten! Der Ingenieur, ihr Mann, hat gesagt, er müsse nach Hause, aber *sie* könne noch acht Tage an der Marina bleiben!? –

Das halte ich für ausgeschlossen.

Bei Frauen ist nichts ausgeschlossen! Sie könnten mein Jagdhaus benutzen . . .

Aber nein, sagte Pöring, und je mehr er spürte, daß gewisse Sätze (zum Beispiel: Sie können mein Jagdhaus benutzen) in seinem Innern Wurzeln schlugen, sich einfraßen und ihn als Wunschtraum nicht verlassen würden, empfand er eine unbeschreiblich süße Rührung; er erinnerte sich aller Szenen mit Lisa an der Orten, wo sie allein gewesen waren, am Strand, in der Fischerkapelle, im Hotel, bei der Erklärung der Friese von Sant' Appolinare. Doch im gleichen Augenblick begriff er, daß alles nun zu Ende sein würde.

Unterdessen hatte Spadini weitergesprochen: Stellen Sie sich vor, Sie sind mit der Dame an der Marina! Nehmen Sie Pferde und reiten Sie am Ufer des Meeres bis Milano Marittima, der herrlichste Sandstrand, sechzig Meter breit! Kaum ein Mensch wird Ihnen begegnen. Das sind die Strände, an denen im Juli und August Ihre Landsleute sich zu Millionen räkeln. Jetzt aber, Einsamkeit, Einsamkeit, wie der Italiener sie in der großen freien Natur ebenso liebt, wie er sie fürchtet. Dort ein Pferd im Galopp reiten, mein Lieber, das ist fast wie eine Frau . . .

Pöring legte den Hörer auf. Ich werde um vier Uhr hinausfahren, sagte er sich, dann geht sie am Strand spazieren. Er hatte Angst, sie in Zukunft dort nicht mehr sehen zu können. Das einzige Gegenmittel für diese Angst war Lisas Gegenwart. Er konnte sich nicht davon frei machen, obwohl er wußte, daß dies Heilmittel wie so viele andere das Übel für den Augenblick milderte, auf die Dauer aber schlimmer machte. Er zwang sich, bis er zur Marina fuhr, nicht an Lisa zu denken, und setzte sich vor den Schreibtisch. Er sah seine Notizen durch und spannte ein Blatt in die Maschine; es war ihm aber nicht möglich, einen vernünftigen Gedanken zu Papier zu bringen. Er räumte die Arbeiten weg und legte sich hin. Er überließ sich beinahe heiteren Vorstellungen: Er erinnerte sich des Gesprächs bei den Spadinis, erinnerte sich der Fahrt nach Faenza und des Restaurants, wo die Italiener Lisa angestarrt hatten. Pöring merkte nicht, daß seine Gedanken schon wieder und immer zu Lisa zurückkehrten. Als er, auf dem Rücken liegend, wie er es gewohnt war, durch Konzentration den Schlaf herbeizwingen wollte – eine Methode, die er sonst mit Erfolg anwandte –, überfiel ihn eisiger Schreck und löste ein Schluchzen in seiner Kehle aus. Er fuhr auf und wischte sich die Augen: Dummer Kerl, so weit ist es mit dir! Dann kleidete er sich sorgfältig an und fuhr zur Marina.

Das also ist der Abschied, dachte er, als er mit der gewohnten Geschwindigkeit der Abzweigung zur Marina entgegenfuhr. Er hatte gewußt, diese Stunde stünde bevor, und zwar bald. Ein Urlaub dauerte vierzehn Tage oder drei Wochen, und dann fuhr man heim: Es war der natürlichste Vorgang von der Welt. Aber sein Leben war, und das erschreckte ihn, von der tief in seine Seele gedrungenen Gewohnheit beherrscht, Lisa zu sehen, mit ihr zu sprechen, ihre Stimme zu hören, sie an seiner Seite zu spüren, ihren Oberarm an dem seinen. Alle vernünftigen Gründe sprachen dafür, daß die Trennung kam. Hatte er diese Stunde aus seinen Gedanken verdrängt, wie die Psychologen das nennen? Die Trennung würde für ihn alles ausstreichen, was von Lisa existierte; es wäre wie der Tod, ein Schmerz, den kein Vergessen lindern könnte. Es würde eine ständige Quelle des Leidens aufgerissen werden, eine blutende Quelle, und keine Erinnerung an das Glück der mit Lisa verbrachten Stunden konnte ihm darüber hinweghelfen.

Er zweifelte keine Sekunde an seiner Treue zu ihr und ihrer Treue zu ihm. Wie oft hatten sie sich ihrer Gewöhnung aneinander versichert, wenn er mit der Hand über ihre Lippen, ihre Arme, ihren Körper gestrichen hatte. Lisa würde durch den Abschied aus seinem Leben gerissen, als sei sie gestorben.

Es gab keine Befreiung. Nein, würde Lisa sagen, ich kann Lippert nicht verlassen. Wie soll ich ihn nach so vielen Jahrzehnten verlassen? Es würde ihn vernichten. Könnten wir unser Glück auf dem Elend, dem Schmerz, dem Untergang eines Menschen aufbauen? Das waren die ungeschriebenen Gesetze eines uralten Kodex aus den Überlieferungen des soliden Lebens, jener Überlieferungen, denen der moderne Mensch die Reste seines normalen Lebens zu danken hat, wenn er nicht abrutschen will unter die Linien des Herkommens.

Zehn Minuten später stand Pöring an der Landestelle. Die Bergungsschiffe lagen vertäut am Steg. Zwei Minuten später kam Lisa und berührte ihn am Arm: Ich habe dich erwartet, sagte sie; wie ich mich gefreut habe, dich kommen zu sehen! Was hast du? Ihr fiel der Ausdruck des Elends in seinen Augen auf.

Was soll ich haben? Spadini hat mich angerufen, er hat mir erzählt, daß ihr abreisen wollt. – Seine Stimme klang normal, aber Lisa entnahm ihr, daß er alles wußte, daß er litt. Warum hast du es mir nicht gesagt? fragte er.

Sie waren langsam vor dem Hotel hergegangen und erreichten den Weg, der zur Fischerkapelle führte. Wie immer brannten still und beharrlich einige Hundert Lichter vor dem Bild der Muttergottes, manche bis auf den Stumpf herabgebrannt, manche frisch aufgesteckt, manche von der Wärme verbogen, die meisten aber, in stellvertretender Beharrlichkeit für fromme und verzweifelte Wünsche, silbrig brennend in dem Luftstrom, der durch die Tür vom Meer her kam und ihren Flammen für die Richtung nach oben Auftrieb und Mut gab. Die Mutter mit dem Jesuskind lächelte in dem Raffael-Schema eines in vielen Generationen von Malern bis zum Süßlichen abgesunkenen Ausdrucks von frommer Gewährung auf die arme Menschheit und die sie und ihre Wünsche vertretenden Kerzen herab. Ja, ich höre euch, schien sie zu sagen und wiederholte das Versprechen in der liturgischen Verstärkung: Ja, ich erhöre euch. Ich trage eure Wünsche vor den Thron meines Sohnes, und es ist nie vernommen worden, daß Wünsche, die ihr an mich richtet, nicht erhört worden seien – wenn auch oft in Formen erhört, die über euern Verstand hinausgehen. Dazu gehört das Leiden: Seht meinen Sohn, im Leiden hat er die Welt überwunden.

Lisa nahm eine Kerze aus dem Kasten, warf die Münze in den Opferstock, zündete an und stellte die Kerze auf einen Dorn.

Als Pöring und sie zurückgingen, kräuselte sich in der Ferne über der Sandbank das Meer, ein Vorzeichen des Sturms. Der Wind blies ihnen entgegen und drückte Lisas Kleid gegen den Körper. Er blickte schräg hinunter auf die Brüste, die Schenkel und die in hochhackig eleganten braunweißen Schuhen steckenden Füße.

Wie schön, sagte sie, wenn wir immer so gehen könnten!

Pöring schwieg, und da sie meinte, er habe sie wegen des Windes nicht verstanden, setzte sie noch einmal an: Immer so mit dir zu gehen! Ich habe etwas erlebt, was ich nie erfahren hatte, was ich nicht kannte; glaubst du das?

Ich habe es anfangs nicht glauben wollen, aber jetzt glaube ich es, erwiderte Pöring. Deshalb war ich verstört. Eine Frau wie du sollte nie erfahren haben, was, wenn sie es einmal erlebt hat, nie vergessen und rückgängig gemacht werden kann?

Er war überrascht, sich so sprechen zu hören.

Lisa antwortete: Und ich habe nie gedacht, daß ein Mann, dem alle Frauen, wenn er sie nur ansieht, um den Hals fallen, die Liebe zu andern für unwichtig hält – daß der sinnlos in mich verliebt ist.

Sie kamen in die Nähe der ausgebauten Strandanlagen, und weil dort ein Kiosk stand, in dem man während der Saison Eis oder Zeitungen verkauft hatte, traten sie in dessen Windschatten und umschlangen sich mit Leidenschaft. Es war wie damals beim Tanz im Schwimmbad, wo sie zum erstenmal dies Empfinden körperlich gespürt hatten. Eine Frau, dachte er, lebendig, wie unberührt, rasch entschlossen und mutig wie eine Löwin. Ihre Schönheit, wie ich sie empfinde, hat in Augenblicken wie diesem etwas von einem verklärten Engel. Als sei es die Ewigkeit, gibt sie sich dem Augenblick hin. –

In diesen Wochen war Pöring der Faktor Zeit wie nicht vorhanden vorgekommen. Jedes Treffen mit Lisa hatte ihm ihrer beider Liebe bestätigt, als sei die Stunde der Begegnung seit jeher dagewesen und zukünftig. Und nun fiel die Wirklichkeit der Trennung über ihn her wie ein Raubtier und zerfleischte ihn. Ich habe mich nie, sagte er zu ihr, von einer Frau hinreißen lassen wie von dir, und wenn du meinst, mir sei je eine um den Hals gefallen, so irrst du dich: Ich hätte es nicht zugelassen, weil ich zu stolz bin.

Sie sagte, du bist nicht stolz, du bist hochmütig.

Er lächelte zu ihr nieder, und während er sie mit der Linken im Rücken umfaßte, drückte seine Rechte ihren Busen hoch. Lisa war fast benommen vor Glück.

Sie standen sieben oder acht Minuten hinter dem Kiosk. Dann kam eine Frau, ging vorbei, sah sich um, sagte laut: Am hellen Tage! Sie ging kopfschüttelnd weiter.

Warum hast du mir nicht gesagt, daß ihr morgen fahrt, fragte er.

Ich konnte es nicht, mein Liebster, ich konnte nicht davon sprechen; ich wollte nicht einmal daran denken.

Und es ist keine Aussicht, daß du allein hierbleibst? Das würde alles zerstören, sagte sie. Wenn ich hierbliebe, würde Lipperts Argwohn geweckt. Er glaubt zwar alles, was ich sage, aber er ist kein Dummkopf. Wenn ich hierbliebe und nach acht oder vierzehn Tagen zu ihm nach Deutschland käme, würde er merken, daß etwas geschehen ist. Ich könnte es nicht verheimlichen. Das mußt du begreifen. Nur unter der Bedingung, daß er nichts ahnt, können wir uns vielleicht wieder treffen.

Er las von ihrem Gesicht den Ausdruck einer zärtlichen Liebe und Erwartung. Die Tränen kamen ihr. Er küßte sie fort. Als sie zum Hotel kamen, gingen sie wie Spaziergänger nebeneinander und unterhielten sich über die Bergung.

26

Am nächsten Tag fuhr Pöring kurz nach Beginn der Arbeiten zu den Ausgrabungen von Mezzano. Der Ort liegt an der Straße nach Ferrara und kreuzt diese mit seiner Hauptstraße, so daß hier eine Verkehrsampel steht. Man hat zwar seit längerer Zeit eine Ortsumgehung geplant, sie scheiterte aber an Bodenfunden in der geplanten Straßenführung, und weil Italien seit je alles, was mit der Vorzeit zusammenhängt, mit dem entblößten Haupt vaterländischer Begeisterung begrüßt, untersucht, ausstellt, mit Zäunen und Glasdächern schützt, war unmittelbar hinter Mezzano ein Grabungsfeld entstanden: Man glaubte auf die Spur einer keltischen Anlage gestoßen zu sein.

Diese Grabungen waren bis an die Straße nach Ferrara ausgedehnt worden. Die Freilegung sollte den Beweis erbringen, daß die Römerstraße einer älteren Trasse folgte, weil hier wie in ganz Italien eine Kulturschicht über der andern lag. Man brauchte sozusagen nur mit dem Spaten in den Boden zu stoßen, um römische, keltische oder etruskische Mauern, Gräber und Amphoren zu finden.

An dieser Stelle hatte man eine zweite Warnblinkanlage installiert. Sie gab den Verkehr jeweils im Wechsel für eine Richtung frei. Hier hoffte Pöring Lisa im Lippertschen Wagen noch einmal zu sehen. Der Verkehr war ziemlich schwach, kaum daß mehr als drei oder vier Wagen vor der Ampel hielten.

Pöring fuhr auf die Seite, stellte seinen Wagen an der Zufahrt einer Trattoria ab und stieg aus. Die Arbeiter legten einen tiefen schmalen Graben an. Mit Maschinen war hier nichts auszurichten, denn jeder Spatenstich mußte Rücksicht auf den archäologischen Bestand nehmen. Die Bauern der Umgebung sahen die Ausgrabungen auf ihren Ländereien mit einem trockenen und einem nassen Auge. Die Entschädigungen waren gering, aber für das Graben bekamen sie eine für ihre Verhältnisse anständige Bargeldentlohnung – und obendrein wurden sie durch die Erwartung beflügelt, »einen Schatz zu finden«.

Pöring war schon früher hier gewesen, er kannte den Stand der Dinge. Der Kollege vom archäologischen Institut zeigte ihm die neuen Ergebnisse; in der Packung der vorgeschichtlichen Straße glaubte man Spur-Rillen für Karren entdeckt zu haben, und es war die Frage, ob es Spuren langer Benutzung waren oder ob sie beim Bau, sozusagen als Geleise, angelegt waren, und diese Tatsache ließ Rückschlüsse auf eine Art Normalspurbreite der Karren zu.

Es war ein schöner Tag, noch morgendlich kühl. Pörings Wagen stand unter einer Akazie. Etwas weiter rechts, auf einer Anhöhe, lag die Trattoria. Da er nach seiner Berechnung noch eine halbe Stunde Zeit hatte, ging er hinauf und bestellte einen Kaffee. Die Wirtin rief ihre Tochter, eine hübsche, etwas verwahrloste Person mit schwarzen Augen, die glauben mochte, sie habe einen Beamten der Intendanz vor sich. Sie setzte die Kaffeemaschine in Betrieb und begann das landes-

173

übliche Gespräch ʿmit dem Gast: Zu so früher Stunde kämen keine Fremden, o nein, ob der Herr aus Ravenna oder Faenza gekommen sei?

Sie sprach den hier üblichen Dialekt so stark, daß Pöring Mühe hatte, sie zu verstehen. Da sie es freundlich meinte, wie er merkte, erwiderte er mit höflichen Sätzen, er habe die Ausgrabungen besichtigen wollen und warte auf Bekannte aus Ravenna.

Das Mädchen hörte ihm mit beinah verzückten Augen zu, und als er eine Pause machte, um ihr Gelegenheit zu geben, etwas zu sagen, errötete sie fast und sagte: Sie sprechen ein wunderbares Italienisch!

Er sagte, ich bin Ausländer, mein Italienisch ist nichts anderes als das Italienisch der Schule.

Davon wollte sie nichts wissen. Das Italienisch der Schule! Sie wies es weit von sich. Sei sie nicht in Mezzano auf die Schule gegangen? Habe man dort nicht geredet, wie alle Leute in der Umgebung redeten? Der Lehrer, der Pfarrer? Sie könne nur lachen, wenn sie deren Sprache mit seiner vergleiche.

Pöring stutzte. Dann erklärte er, sein wortwörtliches Sprechen entspreche zwar dem Wörterbuch und der Grammatik, sei aber weit entfernt vom eigentlichen Sinn der Sprache. Dieser unterscheide sich von seinem Sprechen wie das Fleisch vom Skelett . . .

Sie starrte ihn an. Sie verstand nichts von seinen Gedanken, aber sie genoß den akzentfreien Lauf der durch gutturale Dumpfheit wirkenden Sprechweise des Deutschen.

Sie war im schönen ersten Alter jenseits des Kindlichen und ließ das Erwachen ihrer Grundkraft ahnen, denn sie stellte es so an, daß jede Wendung und Drehung des

174

Körpers wie des Auges auf den Mann wirken sollte. Schweigend, als schäme sie sich, begann sie Geschirr und Bestecke zu spülen und summte die Melodie eines Schlagers.

Pöring zuckerte den Kaffee, trank und lobte ihn, zahlte und ließ ein Trinkgeld auf den Teller fallen. Als er ging, dankte sie und stieß einen Seufzer in venezianischem Dialekt hervor: O povere sior, me despiase (Armer Herr, es tut mir leid).

Pöring stellte sich hinter den Stamm seiner Akazie und beobachtete die Straße von Ravenna. Er war sehr aufgeregt und bedachte nicht, daß sein blaugrauer Anzug aus Baumwolle beim Anlehnen an den Gerbstoff der Rinde Schaden nehmen könnte. Sicher hatte das Mädchen in der Bar dem eleganten Anzug ebensoviel Aufmerksamkeit zugewandt wie seiner Sprache. Er mußte lächeln: Da kommst du aus Deutschland nach Italien und mußt dir von einer Schönheit des Landes sagen lassen, du sprächest come un signore (wie ein Herr). In aller Unschuld hatte sie ihn über jenes Volk hinausgehoben, das sich von vornherein, indem es sich mit Du anredet, mit seinem Nächsten auf die gleiche Stufe stellt.

Auf der schnurgeraden Straße war der Verkehr um diese Zeit gering. Pöring sah schon von weitem den Lippertschen Wagen und wartete darauf, daß er vor der Ampel, die auf Rot stand, stehenbleiben müsse. Doch in diesem Augenblick sprang sie um. Lippert brauchte kaum zu bremsen. Er fuhr mit ziemlich hoher Geschwindigkeit, ohne ihn zu sehen, an Pöring vorbei.

Pöring hatte die Hand erhoben, im letzten Augenblick

wurde er von Lisa erkannt; aber schon war der Wagen vorüber, und er stand, um seine letzte Hoffnung betrogen, allein an der Landstraße.

Sie war fort, und in diesem Augenblick klärte sich ein Gefühl, wie er es in den letzten Tagen halb unbewußt gehabt hatte, wenn er Lisa in den Armen hielt; es war ein fernes geistiges Echo als Antwort auf einen höheren Zustand, als würden der Körper und das Leben durchsichtig in Richtung auf ein unstoffliches Element von höchster Reinheit. Das ist die Liebe, sagte Pöring. Er fühlte sich erhoben über die Bedingungen der Leidenschaft, und so wie man vom Adler sagt, er könne im Gegensatz zu den andern Vögeln sein Auge auf die Sonne heften, so empfand Pöring die Zeit mit Lisa als etwas, das unauslöschlich in ihm bleiben würde.